Möjliga och omöjliga människor

Möjliga och omöjliga människor
Korta noveller

Margareta Björndahl

Tidigare verk:
Biblia Pauperum Medeltida bilder med svensk text ur Bibel 2000, 2008, B4PRESS
Labyrinten Personliga funderingar kring Sixtinska kapellets tak, 2008, tryckt på B4PRESS
Peregrini, 2009, B4PRESS, roman
Apokalypsen Medeltida bilder med text ur Bibel 2000, 2012, B4PRESS
Flickläroverk och Universitet Vi följdes åt, 2014, tryckt på B4PRESS

Omslagsbild: Bröllopet i Kana. Kyrkfönster i Kristus Konungens kyrka i Göteborg av Philipp Schumacher, München. Foto: Marianne och Ottó Prohászka

Margareta Björndahl: Möjliga och omöjliga människor

© 2015 Margareta Björndahl
margareta.bjorndahl@comhem.se
www.margaretabjorndahl.se
Förlag och tryck: BoD

ISBN: 978-91-7463-755-7

Gud skapade människan till sin avbild,
till Guds avbild skapade han henne
(I Mos 1:27)

INNEHÅLLSFÖRTECKNING

Den här boken handlar om människor. Människor som du och jag. De flesta är verkliga även om de synes overkliga. En del ter sig helt otroliga och faktiskt omöjliga! Nästan alla har levt och andats, älskat och älskats, ifrågasatts och kritiserats. Några är fantasier. Ingen är jag. De är alla Guds avbild. Att vara Guds avbild, det är ju omöjligt bara det. Likaså är det så gott som omöjligt att se Gud i de människor som vi står öga mot öga inför i vardagen. I alla fall i somliga. Och speciellt om vi själva är på dåligt humör.

Men som alla vet är verkligheten bättre än dikten. Och om mycket i den här boken är ren och skär dikt – då är levande människor som vi möter varje dag ännu mer fantastiska och intressanta. Bara vi vågar möta dem, se dem och acceptera dem precis som de är.

Jag har låtit mig inspireras av människor runt omkring mig men också av personer som jag läst om. Ju mindre som är känt om en människa, desto mer kan man fantisera om hur denna varit, vad den tänkt och känt. Man läser mellan raderna.

Några historier är kyrkliga kalamiteter. Sådana som lockat fram ett leende men inget skratt. Det är inte de yttre händelserna som är viktigast utan hur människor agerade och vad de stod för. Vad de kan tänkas ha känt och tänkt.

Du som läsare kommer att kastas mellan olika livsöden. Mellan allvar och humor. Mellan fakta och dikt. Men om du accepterar och är medveten om detta, hoppas jag att du precis som jag, skall komma att älska de här personerna. Och kanske känna igen dig själv och andra i några detaljer.

En bekännelse: För mig är människor verkligen skapade till Guds avbild och därigenom äger människan som sådan en helighet att respektera.

Göteborg våren 2015

De var bjudna på bröllop halvannan mil bort. Det är alltid något speciellt med bröllop, det är fest, det är glädje. Först vigselceremonin i synagogan och sedan stor fest med särskilt värdfolk, precis som det brukar vara på stora högtider. Att vara värd är ett hedersuppdrag och man brukar säga att det kan göra en högfärdig och att en värd först skall tänka på de andra och sist på sig själv så att "man blir värd ärekransen". Alla var där, släkt och vänner, gamla och unga, barnen kunde inte sitta stilla utan var ömsom ute och lekte och ömsom med i sångerna vid bordet. Alla var glada, vänliga och lyckliga.

Hon hade skaffat en ny klänning. Den var blå med vita stjärnor strödda över hela tyget, fodrad med rött siden som syntes när hon rörde sig och kjolen slog upp. Hon kunde dra upp kragen över huvudet och den föll i djupa veck för tyget var av tungt siden. Hon kände sig fin trots att hon nu var medelålders, hon skulle fylla 44 år.

Även hennes son var med. Han har precis som sin släkting Johannes – ni vet Elisabets son – börjat med en grupp som går från plats till plats och predikar om ett nytt rike som skall komma. Det finns många sådana grupper. Hennes son har blivit döpt. Det var Johannes som döpte honom. Det skedde i Jordanfloden. Hon var inte med men folk har berättat om det.

Sonen är ledare för den där gruppen – de är tolv män. Ett par känner hon bra, andra vet hon bara namnet på men hon har mött dem alla. De har varit hemma och ätit hos henne vid ett par tillfällen. Hon säger inget om att hennes son är ledare för en sådan här grupp. Det är som om hon visste att det skulle bli så. Hon är bara förvånad över att det dröjt så länge. Det finns en del släktingar som tycker att sonen skulle vara hemma och hjälpa henne nu när hennes man Josef är död. De tycker att de här grupperna parasiterar på samhället och är upprorsmakare. Men sådan är inte hennes sons grupp. De är varken religiösa fanatiker eller politiska rebeller. Hon tycker inte illa om det. Men hon vill inte att sonen skall råka ut för stridigheter, det vill väl ingen mor, man vill att det skall gå väl för barnen.

Till det här bröllopet var hennes son och även hans grupp inbjudna. Bröllopet var trevligt och alla åt, drack och var glada. Hon satt så att hon såg att sonen var centrum för sin grupp. De samtalade lugnt och stilla. Några av männen satt nära sonen, en ung man lutade sitt huvud mot sonens axel. Hon blev varm i hjärtat när hon upptäckte det, det var vackert.

Det hade gått en bra stund av festen när hon hörde hur värden viskade något till brudgummen, som blev väldigt upprörd. Man viskade från man till man och till slut fick också hon höra att vinet tagit slut. De var många gäster och folk hade druckit – en del alltför mycket – men festen och dansen pågick för fullt och det var långt till upp-brottet.

Brudgummen och värden var villrådiga. Då reste hon sig upp och trängde sig fram till sonen och talade om att vinet var slut. Hennes son tittade upp och svarade oväntat bryskt:

"Låt mig vara, kvinna."

Hon hajade till av den ovanliga tonen, men hennes son är ju en vuxen man och ingen liten pojke, det är så svårt för oss mödrar att acceptera detta, vi vill ha kvar dem bundna till oss. Hennes son fortsatte:

"Min stund har inte kommit än."

Men hon kände inom sig att man inte bara kan gå och vänta. Hon gick fram till tjänarna som stod i dörren. Hon sa till dem att de skulle göra precis som hennes son instruerade dem, hur tokigt det än lät.

"Gör det han säger åt er".

Sedan satte hon sig på sin plats. Då såg hon sonen resa sig och gå fram till tjänarna. Hon hörde inte vad han sa, men hon såg att de samlade ihop sex stora krukor som man använder till reningsbad, de var stora och rymde säkert etthundra liter vardera. Tjänarna fyllde dem med vatten från brunnen. Hon såg det genom den öppna dörren. Så bar de in de till brädden fyllda krukorna och hennes son doppade fingertopparna i vattnet. Sedan gick han lugnt och satte sig igen.

En tjänare fyllde brudgummens bägare med vätskan, hon såg hur han förde den till munnen och smakade. Hans ansikte sken upp och han smakade åter på bägarens innehåll. Hon såg hur han kallade till sig värden och förebrådde honom för att han inte serverat det här utmärkta vinet tidigare. Värden slog ut med armarna precis som om han inte visste hur det hade gått till. Vinet hade varit slut och nu fanns det vin i överflöd. Han rev sig i håret. Detta övergick hans förstånd.

Hon tittade på sin son men han satt som förut och talade lågmält med sina lärjungar. Hon vet att han kan. Hon vet vem han är. Det är bara hon som vet precis vem han är.

Det är vår. Olivträden blommor och påskhögtiden står för dörren. Ängarna är fyllda av cyklamen i blått och lila. Hon älskar de små späda blommorna och hon heter Maria. Hennes mor och far är döda men hon, hennes bror och syster bor tillsammans i det låga vitrappade lerhuset. Ingen är dem är gift. Hon vet inte varför det blivit så. Marta, den äldsta, kan nog bara bli kär i en präst. Hon är duktig och håller reda på allt och alla. Hon fick ta ansvar redan när föräldrarna levde så det har gått av rena farten att hon bestämmer.

Maria tycker bäst om att läsa och lyssna när kunniga personer berättar. Hon är tystlåten och sitter ofta stilla. Den yngre brodern Lasaros är inte frisk. Han är svag och orkar inte mycket, men han är kunnig och resonerar med vänner om det som händer i samhället, hur skrifterna och profeterna skall tolkas. Om de växt upp i en annan miljö hade han kanske blivit präst, men det vet man ju inte.

De har ofta gäster. Marta tycker om att ha gäster. Många gånger när hon går till marknaden eller till brunnen på torget möter hon några som hon bjuder hem. De har många släktingar och vänner.

En särskild god vän är rabbi men de kallar honom mästaren. Han är norr ifrån, men han finns ofta i trakten. Han sover ibland över i lunden på berget. Han har gästat dem flera gånger och nu för tiden har han med sig sina lärjungar. Det förekommer ganska ofta att någon lärd person samlar en grupp män runt sig, en del är politiska agitatorer, andra religiösa fanatiker. Maria brukar lyssna till dem men hon gillar inte när de är påstridiga.

Mästaren har en grupp disciplar och de vandrar från plats till plats, han är vishetslärare. Han säger saker som de inte förstår men orden biter sig fast och man måste gå och tänka på vad han egentligen talar om. Det gör Maria – men hon tror inte att

13

Marta gör det – fast det vet hon inte. Lasaros tänker och funderar, det vet hon för han talar med rabbin och hans folk om allt de förkunnar.

Det hände något mycket märkligt som de inte förstår och de talar om det gång på gång. I byn bor en man som heter Simon, han har en smittsam sjukdom, lepra. Han har förhårdnader i ansiktet och är lite konstig. Alla säger att det beror på sjukdomen och ingen vill komma i närheten av honom. Hans gamla föräldrar vårdar honom och han går aldrig ut, han sitter i skuggan i trädgården. Han tillåts inte gå ut bland folk.

En dag kom mästaren till byn. Maria hörde barnen ropa, de är små budbärare som kommer ilande och ropar ut vad som är på gång, Maria tror de tycker det är spännande och det är ju faktiskt bra. Det händer inte så mycket i byn och vid sådana här tillfällen kommer människorna ut ur sina hus. Även Simon kom ut fast han inte fick det. Han gick rakt fram till mästaren. Då hände det märkliga att Jesus inte alls ryggade för honom, det skulle vem som helst av de andra ha gjort. Jesus tittade rakt på Simon Lepran som böjde knä framför honom. Det bildades en stor ring med folk runt dem. Maria vet det för hon var där. Först hörde hon inte vad de sa, alla skrek och pratade, barn skrattade och hundar skällde, men när Simon Lepran böjde knä så blev det alldeles dödstyst, till och med hundarna blev tysta och lade sig på marken. "Du skall bli frisk" sa mästaren.

Lepran dansade hem. Han har varit hos byns präst som förklarat honom fri från smitta. Det syns inget i ansiktet på honom och han rör sig ute, går till torget, sitter och pratar med männen.

En annan gång var mästaren hemma hos Maria och hennes syskon, han och alla hans följeslagare. Det blev fullt för de har bara ett litet hus, men en del satt i trädgården, andra i köket. Lasaros, Jesus och ett par av männen satt vid bordet i salen. De hade varit ute och vandrat hela dagen och var trötta och

14

dammiga. Maria tänkte att Jesus hade ont i fötterna, hon gick fram till sin klädeskista och tog upp en vackert formad glasflaska. Hon hade gömt undan den längst ner i kistan. Den innehöll en fin olja från Indien. Hon hade fått den av en gammal kvinna som varit på resa och som sade att den kom från en växt som fanns på ett mycket högt berg, världens högsta berg, det heter Himalaya. Maria hade sparat oljan för något särskilt tillfälle, människor sa att den var dyrbar. Den doftade härligt, på samma gång friskt och tungt, ungefär som mysk. Dess doft kändes i hela huset.

Maria smög fram till mästaren och satte sig på en pall. Hon tog oljan och gjorde rent Jesu fötter, smorde in dem med olja och masserade dem. Hon torkade dem med sitt hår. Det är svart, långt och mjukt som silke.

Då blev det bråk. Först kom Marta och ondgjorde sig över att Maria inte hjälpte till att passa upp. Maria hade faktiskt lite dåligt samvete men hon ville lyssna till vad mästaren berättade och smörja hans fötter. Han var ju hedersgäst, han satt och talade med deras bror. Marta vände sig direkt till mästaren och bad honom säga till Maria, men han svarade:

"Marta, Marta, du gör dig bekymmer och oroar dig för mycket fast bara en sak behövs. Maria har valt det som är bäst och det skall inte tas ifrån henne."

När Marta gått kom lärjungarna och började bråka. Det finns en av dem som Maria inte gillar, han heter Judas. Han är svartmuskig, skäggig och har stickande blick. Fast han sällan tittar rakt på människor. Han försökte rycka flaskan med nardusolja från Maria. Han sade att flaskan rymde tre deciliter och att de nog skulle få trehundra denarer för den om de sålde den. De kunde skänka pengarna till fattiga istället för att smörja in fötter med den. Flera av lärjungarna höll med honom. De tyckte att oljan blev förspilld. Maria tror inte att Judas skulle skänka pengar till de fattiga. Inte för att hon har säkra bevis men det sägs att han stjäl pengar ur deras gemensamma kassa och använder till vin och kläder för sig själv. Hon tror det är så men vet inte säkert. Hon blev rädd när Judas kom fram till henne men då sa mästaren som såg hennes förlägenhet:

"Låt henne vara, hon har sparat sin balsam till min begravningsdag. De fattiga har ni alltid ibland er, men mig har ni inte alltid".

Det lät konstigt. Han sa också:

"Varför gör ni henne ledsen? Sannerligen, överallt i världen där evangeliet förkunnas skall man också berätta vad hon gjorde och komma ihåg henne." Och det gör vi nästan tvåtusen år senare.

Det hände så mycket märkligt med mästaren som egentligen heter Jesus och Maria förstod det inte. Det var underligt då och är ännu mer konstigt nu efteråt när hon vet hur det gick.

Deras bror Lasaros blev sjuk. Marta och Maria talade med varandra och sade att om Jesus bara vore i närheten så skulle han kunna göra Lasaros frisk. De höll utkik varje dag men såg varken mästaren eller någon av hans följeslagare. De väntade. Mästaren syntes inte till. De sände bud med människor som kanske skulle se honom. De skulle säga:

"Din vän är sjuk."

Mästaren kom inte. Då dog Lasaros. De blev helt förtvivlade; både Marta och Maria. De hämtade gråterskorna, det är några kvinnor som kommer och begråter den som dött. Det är sedvänja hos dem. Marta smörjde Lasaros kropp och lindade den i rena vita parfymerade bindlar.

Så bars kroppen iväg och lades i familjegraven, det är nästan som en liten stad med gator mellan gravarna. Varje familj har ett smalt gravhus och där läggs den döde med en sten framför öppningen. Graven har ett par våningar på höjden. Efter en tid har kroppen förtorkat och då kan man flytta benen till ett ossarium och det finns plats för en ny kropp. Varje dag gick

Marta och Maria till graven med färska blommor från trädgården.

Det var den femte dagen efter Lasaros död som mästaren närmade sig byn. Han var upprörd och ledsen, det syntes att han gråtit. Han var förtjust i brodern och Lasaros tyckte också om honom. Det var själarnas sympati. Mästaren kom inte till deras hus utan gick direkt till torget. Marta såg honom och kom störtande hem.

Huset var fullt av folk. Gråterskorna hade gått hem men männen från synagogan var kvar. Marta gick fram till Maria, viskade i hennes öra och hon reste sig upp. Folk trodde att systrarna skulle gå till graven, men mästaren satt kvar vid brunnen på torget där Marta tidigare sett honom. Alla berättade för mästaren att hans vän Lasaros var död och begravd. Till slut gick han med till kyrkogården och alla gick fram till graven. Det blev fullt med folk. Först gick mästaren, Marta och Maria, hans lärjungar, männen från synagogan, alla från byn, män, kvinnor och barn och så hundarna förstås.

Jesus sade till männen att de skulle ta bort stenen. Då sade Marta att man inte kunde göra det för liket hade börjat lukta. Men männen gjorde som Jesus sagt för han låter myndig och bestämd, man vågade inte gå emot honom. Han ställde sig mitt framför graven och ropade högt: "Lasaros, kom ut!" Alla höll andan. De tyckte att mästaren inte var klok och att detta var att skända den döde. De tittade på varandra. Vad var detta för spektakel? Då såg de en rörelse inne i graven och Lasaros kom ut, han försökte att lösgöra sig från bindlarna. Han levde! Att de inte svimmade! Det blev rörelse, skratt och prat i folkhopen men mästaren gick fram till Lasaros och de kramade om varandra. Detta var det mest underliga Maria varit med om i sitt liv, hon förstår ingenting, men sant är det.

Ryktet om vad som skett spred sig från by till by och det kom en mängd människor ända från Jerusalem till deras by som heter Betania. Många av dem sökte upp mästaren och hans lärjungar och följde med dem och lyssnade på vad han förkunnade. Men översteprästerna gillade det inte. De bestämde sig för att döda Lasaros.

Nu är också mästaren död. Maria och hennes syster Marta har hört det från folk som firat påskhögtiden i Jerusalem. De var inte där men man har berättat att Jesus förföljdes och förtalades av folket och att Pontius Pilatus – den ynkryggen – inte vågade gå emot folkopinionen. Man avrättade mästaren genom att spika upp honom på ett kors. Det är förfärligt och Marta och Maria är helt förlamade av bestörtning. Denne fine man som bara gjorde gott, ja det är klart, han var provocerande och utmanade de styrande, de kände sig hotade, det är allmänt känt. Men han gjorde inget ont utan bara gott. Och vis var han!

Det senaste de hört från Jerusalem är att Jesus inte alls är död. Ja, han var död men det finns inget lik efter honom. Graven där de lade honom är tom. Det ryktas att några sett honom men det konstiga är att man inte kände igen honom. Så hur kan de ha sett någon som de inte kände igen? Det var två män som gått på vägen mot Emmaus som ligger en mil från Jerusalem. Plötsligt dök det upp en man vid deras sida. Han frågade vad de talade om och de berättade om att mästaren som hette Jesus avrättats men att hans kropp försvunnit. De tyckte det var underligt. Då började mannen tala och förklara hur allt gått till och det var först då de förstod att det var mästaren själv som gått vid deras sida.

Maria vet inte vad hon skall tänka och tro. Det är som om deras goda vän mästaren både finns och inte finns på samma gång. Hon har den tomma flaskan som innehöll nardusolja. Hon har stoppat tillbaka den långt ner i klädeskistan. När Maria är ensam hemma tar hon fram den och håller den i handen och för den till näsan. Hon blundar och då känner hon doften av Honom.

I dag frågade mamma efter den nya sjalen. Hon hade inte sett den sedan jag kom hem från resan. Jag vill inte ljuga. Jag mår inte bra av att ljuga, men jag svarade sannings-enligt att jag gömt undan den. När hon ville se den drog jag på det och sa: "Senare. Inte just nu. Jag skall gå och hämta vatten." Så tog jag krukan och gick, mitt hjärta klappade fort. Det var ingen lögn, men jag kommer aldrig att visa sjalen för henne, aldrig! Inte för att jag inte tycker om min mor men jag tycker hon klibbar sig fast vid mig. Det är vissa saker som jag inte vill dela med henne. Kanske är jag rädd för hennes förebråelser, för hennes oförmåga att förstå, rädd för hennes pekfinger, att hon skall sätta mig på plats, att hon skall förtrycka mig.

Sjalen köpte jag av en handelsman i ett marknadsstånd på torget. Vi gick dit, alla flickorna och även de vuxna kvinnorna. Vi provade, jämförde och frågade om priset. Det var en härlig stämning. Ester köpte en Paisley-mönstrad huvudduk i friska färger, blått, rött och gult. Den passade henne bra och man blev glad av att känna på tyget. Det fanns sjalar i skiftande färger, mönster, kvaliteter och priser. Det fanns tygbalar till klänningstyg och många köpte en meter sådant tyg som de skulle fålla och använda som huvudduk. Det var svårt att välja men jag lade genast märke till en helt vit sjal med invävda granatäpplen i vitt. Kvaliteten var ljuvlig och jag föll direkt för den och kände att jag måste bara ha den och just den sjalen.

Priset på den sjal jag ville ha var högt, alltför högt för mig. Handelsmannen såg att jag ville ha den vita sjalen och han lade den åt sidan medan jag synade de andra sjalarna. Gång på gång återvände min blick till den vita sjalen och mina ögon mötte försäljarens. Jag såg att han förstod att jag ville ha just den sjalen. När jag återigen bad att få se den vita sjalen kom han fram till mig och viskade i örat att om jag ville få den skulle jag komma tillbaka under siestan när det inte var så många kunder.

Då skulle vi nog komma överens om priset. Snabbt tog jag upp mina pengar och betalade honom, jag tog sjalen och skyndade bort. Jag tyckte inte om hans blick, jag kände mig besudlad av den. Jag stoppade sjalen i fickan och vände honom och alla kunder ryggen och gick därifrån. På kvällen jämförde vi alla våra inköp. Männens blickar följde oss utan att de avslöjade sin nyfikenhet. Vi provade varandras huvuddukar och jämförde och alla tyckte precis som jag att min vita sjal var något utöver de andras.

Idag frågade mamma efter sjalen. Hon sa, att hon inte sett den sedan vi kom hem efter påskresan. Nu kan jag inte visa den för henne. Hon skulle aldrig förstå. Jag måste säga att jag tappat den, men då kommer jag att ljuga och jag mår dåligt av att ljuga.

Det var första resan jag gjorde till Jerusalem. Så många gånger som jag drömt att få åka, men jag hade inte haft pengar och var tvungen att hjälpa mamma därhemma. Det här året skulle jag få resa. Ester skulle också resa, ja vi var ett helt sällskap som skulle fara tillsammans och rum var bokade. Det skulle bli spännande och jag var förväntansfull. Det blev helt annorlunda än jag tänkt mig och det berodde på en liten händelse, som bara jag upplevde och som ingen annan varken såg eller förstod. Det kan ju vara så att en person mitt i en grupp får vara med om något besynnerligt trots att hon är omgiven av de andra. Vad vet jag egentligen om vad andra upplevde? Fast jag tror mig faktiskt veta en hel del för de berättar alltid i detalj vad de är med om, de berättar samma sak om och om igen. De ljuger så de tror sig själva, brukar man säga, och det tycker jag stämmer för de broderar ut berättelsen mer och mer för varje gång den återberättas. Jag är mer tystlåten, jag håller det jag känner för mig själv. Det beror inte på oginhet, att jag inte vill dela med mig, utan att jag är rädd för att andra skall skratta åt mig och förringa mina upplevelser.

20

Så här var det med just denna händelse: Vi hade anlänt till Jerusalem, installerat oss på hotellet, men vi ville gå ut och se oss om. Det var mycket folk, det vara trängsel överallt, skratt och prat. Människor möttes och skildes. Det var igenkännande kramar och omfamningar, det var slagsmål och bråk när några kom för nära varandra. Jag höll mig tätt intill Ester och de andra i sällskapet och vi föstes med folkmassan. Vi var lyckliga och upprymda och vi kände att detta var något enastående. Andra som varit där förr om åren kom ju hem och berättade och skröt om det de sett, men aldrig trodde jag att det var så här. Jag var helt överväldigad.

När vi gick där i folkmassan hörde vi hur människor ropade att det skulle ske en avrättning och att förbrytarna skulle komma vägen fram. Jag tittade på Ester och hennes ögon lyste av spänning. Vi hade inget val, folkmassan blev allt tätare, den pressade oss från alla håll och vi kom att stå nära den öppning som folk gjorde för att förbrytarna skulle komma fram. De var tre män som skulle korsfästas. Jag hade hört talas om den straffmetoden men hade aldrig sett något liknande och önskade att jag varit någon annanstans. Jag stod där jag stod och kom varken fram eller tillbaka, det gick inte heller att blunda för det var rörelse och ett oväsen utan like.

Först kom en man släpande på ett kors, han såg obehaglig ut, orakad och smutsig med trasiga kläder. Folk spottade på honom och skrek otidigheter efter honom. Så kom en andra man på liknande sätt.

Det var när den tredje mannen kom som något underligt hände. Folk blev tysta. Han såg helt annorlunda ut med ett vackert själfullt ansikte med rena drag. Hans kläder var sönderrivna men det syntes att de dessförinnan varit rena och i bra ordning. Han var trött och snubblade under sin tunga börda. Hans kors var mycket större och tyngre än de andras. Svetten rann ner för ansiktet och när han kom närmare såg jag att de tryckt ner en krans av taggiga grenar på hans huvud.

Törnen hade trängt in i huden och blod rann ner för pannan och kinderna. Mitt hjärta ville brista när jag såg honom och utan att tänka mig för drog jag loss min sjal, som glidit ner från mitt huvud och låg om axlarna. Jag sprang fram till mannen och räckte honom den vita sjalen med invävda granatäpplen. Det var som om tiden upphörde. Jag vet inte varifrån jag fick modet. Jag räckte honom sjalen och han såg mig rakt in i ögonen och det kändes som om blicken brände rakt igenom kropp och själ. Han tog sjalen i sina händer och baddade ansiktet med den. Så fick jag sjalen åter, stoppade snabbt ner den i klänningsfickan och tåget med männen som släpade sina kors gick vidare. Händelsen tog bara något ögonblick sedan var allt som vanligt med skrik och rop och skratt och trängsel. Ingen i mitt sällskap kommenterade mitt handlande, men de tittade förundrat på mig.

På kvällen tog jag upp sjalen ur fickan för att tvätta den. Det var då jag såg det. Ester och de andra sov men elden brann fortfarande och i eldskenet såg jag det. Jag såg mannens ansikte avbildad på min sjal. Det var vackert och syntes helt tydligt. Ingen kunde ta miste på att det var hans ansikte. Först trodde jag att det var inbillning – jag har livlig fantasi – men jag vände och vred på sjalen och där syntes avbildningen klart och tydligt.

Jag förmådde inte att tvätta sjalen utan vek försiktigt ihop den och stoppade den underst bland mina saker. Jag visade den inte för någon och när Ester på hemresan frågade efter den sade jag att jag inte visste var den var. Nu ligger den underst i kistan med mina saker. Jag tänker på den varje dag och jag ser mannens ansikte för min inre blick. Ibland känner jag efter med fingertopparna att sjalen ligger där och jag känner det glatta tyget och jag vet att avtrycket av hans ansikte finns på den.

Jag heter Veronica och jag bär på en hemlighet som jag inte vill yppa för någon. Den både skrämmer och gör mig glad på samma gång. Jag darrar när jag förstår att det som skedde den dagen är sant. En bild av hans ansikte finns på min huvudduk.

Jag är ett får men jag är lite udda. De andra kallar mig för svarta fåret. De är vita, lockiga och mjuka i pälsen men min päls är mörkstrimmig, sträv och svart. När vi skyndar fram till vattenhon blir jag knuffad åt sidan, jag blir alltid sist och ibland finns inget vatten kvar till mig. Men jag har anpassat mig och när vi går och betar på ängen söker jag mig ut mot kanterna och äter det gräs som de andra inte bryr sig om.

En natt låg vi som vanligt. Alla fåren runt herdarna, som satt vid elden. Flöjtspelaren, den vackre pojken, hade lagt ner sitt instrument. Han satt lite bakom de andra. Den äldste av herdarna hade den unge vallpojken bredvid sig, pojken satt tätt tryckt mot den gamle. Jag låg bakom dem för jag vet att han aldrig slår efter mig som de andra herdarna gör.

Natten var mörk och kall och vi låg alla tillsammans för att hålla värmen och kunna vara trygga för rävarna som slinker omkring i mörkret. Det var då jag såg det. Ljuset. Det var faktiskt jag som såg det först av alla. Jag blev så förvånad att jag inte kunde låta bli att bräka. Jag blev rädd för mig själv och ljudet som kom ur min strupe. Jag tänkte att nu kommer herdarna att slå mig. Jag vet ju att vi alla måste vara tysta. Men ljuset var så starkt att jag måste tala om det för de andra.

Alla fåren vände sig mot mig och herdarna reste sig för att se vilket av fåren som varit olydigt och bräkt. Men jag bara tittade och tittade upp mot himlen. Den gamle mannen såg också han upp mot himlen och den unge flöjtspelaren gjorde detsamma. Då såg även de andra skenet och började viska till varandra om det förunderliga ljuset.

Den mest betydelsefulle herden, han som äger oss alla, gick fram emot den plats där ljuset visade sig. Han såg ut att tala med ljuset som flyttade sig och lyste allt starkare mot en grotta i berget. Ibland brukar vi gå in där om det är otäckt busväder, när det blixtrar och dundrar och regnet öser ner.

Jag är så van att springa utanför fårskocken och smita undan för deras knuffar, så jag skyndade mig och kom alldeles bakom herden. Han såg mig inte. Han slog inte efter mig med käppen. Då såg jag, i skydd bakom hans mantel, den unga vackra kvinnan och den äldre mannen med sin lykta i handen. Jag såg ett nyfött barn ligga där. Modern hade lindat in honom i vitt tyg och lagt honom i krubban med foderhö. Det lyste en strålkrans kring honom.

Alla var förundrade och visste inte vad de skulle tro. Det blev ingen sömn den natten. Herdarna diskuterade med varandra om vad de sett och upplevt. Fåren småbräkte och buffade på varandra och skakade på sina huvuden.

Men den gamle mannen med den lille vallpojken, han vilade sitt huvud i handen och såg upp mot himlen. Och jag, det lilla svarta fåret, låg bakom hans rygg och värmde honom. Det var jag som gjorde alla uppmärksamma på ljuset. Det var jag som såg ljuset först. Och jag vet att jag varit med om något stort, om tidernas största händelse. Men hur skall jag förstå det? Jag som bara är ett litet svart får.

Plazan hade tidigt på morgonen dekorerats med pappers-girlanger i bjärta färger: lila, rosa, röda, blå, gröna. Det tunna papperet rasslade svagt som tonerna från en finstämd flöjt. Synen fick hennes hjärta att fyllas av förväntan, glädje, ja faktiskt förälskelse. Dagen skulle bli het, men ännu lät hon sig insvepas i den behagliga mjuka värmen. Dofterna fyllde henne, gjorde henne glad, mjuk, mild till sinnet. Hur skulle dagen bli för hennes del? Hon önskade att mannen skulle finnas vid hennes sida hela kvällen. Men hon anade att hon som vanligt skulle hålla sig så nära att hon såg honom. Han skulle gå upp i sina engagemang och inte spilla en enda tanke på henne, medveten om att hon alltid fanns där – när han behövde henne.

Han hade tillverkat de största och förnämsta maskerna. Med minutiös noggrannhet hade han format plastmassan, skurit och filat ansiktsuttrycken till skarpa och avslöjande drag. Sedan hade han målat dem med starka kontrast-färger. Hon hade suttit tyst med ett korsstygnsbroderi och sett honom arbeta. Hon hade hämtat kaffe när han blev törstig, hon hade beundrat den ena masken efter den andra när de växte fram i hans ateljé. Hon hade, när han sov, tyst och stilla smugit sig in för att i ensamhet beundra och försöka tolka de anleten vars drag skulle skyla en människas ansikte, förvridna, deformerade, skräckinjagande men inte i ett enda fall förskönande.

Hon visste att man under fiestan skulle krusa för henne för att hon skulle ta på sig en mask. De skulle locka med det ena djurhuvudet efter det andra. Den ena makabra masken värre än den andra och hon skulle slå ifrån sig och vägra att deltaga. Mannen skulle sitta bland andra honoratiores och beskåda spektaklet, upphöjd, onåbar, avskild från menigheten.

När vännen kom tog hon tacksamt emot hans sällskap. De vandrade sida vid sida. Hennes arm nuddade hans arm och

27

hon kände hans värme. Hon drog in tryggheten som om den kunde förmedlas genom skjorttyget in i hennes arms hud. Inte heller han bar någon mask men han frågade om han skulle köpa en till henne. Hon skakade nekande på huvudet. Så gick de vidare. De passerade de ockrafärgade husfasaderna och hon lät blicken glida över de olikfärgade portarna. Hon lade sin hand lätt på hans, de stannade upp. De stod framför en hög fallosformad träport omgiven av turkosa målade bårder. Hon lutade sig fram mot honom så att han skulle höra:

"Ge mig ingen mask att dölja mitt ansikte, öppna hellre en dörr till mitt inre."

Han lade sin hand på hennes hand, helt lätt, klappade den försiktigt. Så gick de vidare sida vid sida. Hennes arm snuddade hans arm. Ingen sade något. På avstånd hörde de ljuden och sorlet från fiestan. Hon sög in tryggheten som strålade genom skjorttyget in i hennes arm.

Hon lever inte längre, Emilia. Ändå existerar hon i mitt minne. Bilderna av henne är inte längre tydliga efter sextio år. Ett barns minnen. Hur gärna ville jag inte flyttas tillbaka till fyrtiotalet i Örebro och åter en gång få möta henne – Emilia. Skolgatan i Örebro sträcker sig från Svartån i söder fram till Lillåstrand. Så långt norr ut såg jag aldrig Emilia. Hennes värld begränsades av kvarteret mittemot Epidemisjukhuset, Sofiaparken, fram till Järnvägsgatan och kvarteren runt dessa. Vår familj bodde på Skolgatan 11 och min skolväg till folkskolan i Olaus Petriskolan gick längs denna gata.

Emilia syntes på långt håll. Hennes klädsel och sätt att gå längs husväggarna skilde sig från andras. Hon var lång och smal, klädd i ankellånga kjolar under vilka syntes svarta kängor. Hon hade tröjor och kappor i lager på lager. Vinter som sommar bar hon en mörkmönstrad stor sjal över huvudet. Jag har ingen minnesbild av hennes ansikte. Vill minnas att hennes cendréfärgade hår låg krusigt tätt intill huvudet runt ansiktet.

En människa som skiljer sig genom det yttre väcker rädsla och avståndstagande hos andra. Folk tittade efter Emilia. Barn skrattade, många gick över gatan för att slippa att möta henne. En del påstår att hon gick med en fot i rännstenen, men det är inte sant. Hon strök efter husvägen. Jag var aldrig rädd för Emilia. Jag kände henne och neg såsom flickor på fyrtiotalet gjorde för vuxna människor. Emilia mumlade för sig själv. Hon gick innesluten i sig själv, omedveten om andra människor.

Emilia gick efter husväggarna. Både hon och jag bodde på samma sida av Skolgatan, därför möttes vi då och då. Jag neg och hälsade. Hon besvarade inte hälsningen.

Emilia bar alltid bibeln under armen. Bibeln var sliten och hade svarta skinnpärmar. Hon kallades av somliga för Bibelkvinnan. Hon gick hon ofta till Filadelfiakyrkan. Hon satt

29

alltid längs bak ytterst på en bänkrad. Det var i den gamla kyrkan på Järnvägsgatan.

Många gånger kom Emilia till vårt hem. Hon satte sig vid det stora bordet i hallen. Hon tog inte av sig ytter-kläderna, hon kom för att någon skulle läsa ur Bibeln för henne. Kanske kunde hon inte läsa, kanske såg hon inte den lilla stilen på texten. Min fem år äldre bror Per-Gunnar läste tålmodigt för henne och Emilia önskade helst att han skulle läsa. Men även min mor läste många gånger. Ofta bjöds Emilia på kaffe men hon kom egentligen för att få lyssna till bibelordet. Hon stannade skyggt i tamburen och lät sig aldrig övertalas att gå in i de andra rummen, bara in i hallen.

På höstarna pågick under sex veckor bibelskola i Filadelfiakyrkan som låg på Järnvägsgatan, kvarteret bredvid där vår familj bodde. Eleverna var inackorderade i hem och även hos oss bodde ett par unga kvinnor. Emilia kom som vanligt en dag upp till vår lägenhet. Min mor hade mycket att göra eftersom hon serverade tio elever mat varje dag och vi var sex personer i familjen. Min mor föreslog att den unga kvinnliga bibelskoleleven skulle läsa ur Bibeln för Emilia. Då blev Emilia arg och muttrade att kvinnan var i förbund med djävulen. Min mor förebrådde Emilia för att hon yttrade sig på detta viset. En tid senare visade det sig att den unga kvinnan väntade ett utomäktenskapligt barn vilket i dessa fri-kyrkokretsar betraktades som en svår synd och hon lämnade såväl bibelskolan som frikyrkan.

Ett par gånger fick jag följa med min mor hem till Emilia, som hette Karlsson i efternamn. Hon bodde i ett vindsrum med utsikt över parken runt Epidemisjukhuset. Husen hade ingen toalett inomhus, på gården fanns en rad med utomhusdass i en röd länga. Det var ett tvåvånings-hus men Emilia bodde tre trappor upp i ett gavelrum bredvid vindsutrymmena. Det var ett spiselrum med sneda tak, spis och vask i ett hörn. Längs ena väggen stod den högt uppbäddade sängen med vitt sängöverkast. Mitt framför fönstret fanns ett fyrkantigt bord med ett par stolar. En hög byrå fanns också, trasmattor i rader på golvet. Snyggt och rent. Emilia bjöd på kaffe. En vit duk låg på bordet och hon hade dukat fram koppar. På ett kakfat låg kakor av olika sorter, en av varje. Kakorna hade hon fått när hon besökt olika hem och jag kände igen min mors hembakade kakor, och det var en sådan som jag tog, en sprits. Min mor hade inpräntat att det var viktigt att man smakade på vad som bjöds när man besökte ett hem. Det var inte ovanligt vid den här tiden att man tog med bröd hem i servetten. (Detta var före dogibagens tid). Det hade alltså Emilia gjort och nu bjöd hon oss på kakorna. Emilia var inte särskilt talför och det var nog mest min mor som talade, Emilia gav enstaka ord som svar. Men jag minns stämningen i rummet som varm trots att jag som barn var reserverad mot den ovana miljön.

Emilia dog på 1940-talet. Min far, som var baptist-pastor, jordfäste henne. Jag vet inte mycket fakta om henne. Enligt obekräftade uppgifter lär hon ha bott hos Maria Lindgren i Betaniahemmet i Lillån norr om Örebro, ett hem där sjuka människor kunde vistas. Detta hem hade verksamhet mellan år 1910 och år 1926, då Maria Lindgren dog.

Det finns få personer som Emilia nu för tiden. Kanske skulle en läkare beskriva henne på helt annat sätt än jag gjort. Kanske skulle hon om hon levat nu fått epitetet udda. Kanske skulle hon ha medicinerat och vistats på en institution.

Jag tänker ofta på Emilia. Hur gärna skulle jag inte vilja få möta henne ännu en gång på Skolgatan i Örebro,. Men blundar jag, kan jag se henne komma i de långa svarta kjolarna, med sjalen om huvudet gående intill husväggarna med Bibeln i handen. Skulle jag då stanna till och hälsa skulle hon säkert inte lägga märke till mig. Men för mig finns hon där – Emilia.

Det bestående minnet av en högmässa kan då och då förvandlas till ett inre leende. Men kanske är det alla dessa små oväsentliga händelser som är det påtagliga mötet med Gud. Det som man egentligen gick till kyrkan för att uppleva. Den kyrka som hon regelbundet besökte på söndagsförmiddagar rymde åttio personer. Kyrksalen hade två partier kyrkbänkar. De stod in mot respektive vägg och lämnade utrymme för en bred mittgång. Man kom in genom kyrkporten och kunde gå rakt fram emot altaret. Bänkarna var av trä, utan dynor, försedda med knäfalls-pallar som var stoppade och klädda med brunt skinn. Om någon satt sig längst ut mot mittgången, vilket folk vanligtvis gjorde, fick man tränga sig in och förbi denna till en ledig plats. Oftast var knäfallspallen nedfälld och man fick balanserna på denna eller tränga sig förbi knäna på de som redan satt på bänken. Det fungerade oftast bra, dock inte denna söndagsförmiddag då solen sken in genom de höga kyrkfönstren och kyrksalen ångade av tända ljus, sommar och mänsklig värme.

Fem minuter före mässans början var kyrksalen glest besatt, men som på en given signal kom människor och fyllde kyrksalen. Ett svagt sorl av röster, förväntan, söndagsfrid fyllde kyrkan. Människor flyttade sig sid-ledes för att bereda nya kyrkobesökare plats, andra satt istadigt kvar på samma plats och lät de nyinkomna åla sig förbi.

Själv satt hon tryggt längst in mot väggen på femte raden framifrån. Bredvid hade bänken fyllts med fem damer, alla polska. Framför satt en filippinsk familj med två döttrar där den yngsta flickan med nyfiken blick studerade varje ny mässbesökare. Någon reste sig från en inre plats, snirklade sig förbi bänkgrannarna gick mittgången ner för att hämta psalmbok och slank åter förbi bänkgrannarna. Det var svårt att koncentrera sig och finna inre ro.

Yttersta platsen på första bänk till vänster precis framför prästens ambo stod fortfarande tom. Tom var för övrigt hela första bänken. Denna yttre plats var märkt med en plåtskylt fäst på psalmbokshyllan. Platsen var reserverad för blind person med ledarhund. När den blinda kvinnan kom in förd av sin hund reste barnen sig upp för att se. De vuxna var disciplinerade, de studerade säkert kvinnan men utan att avslöja sin nyfikenhet. Kvinnan kände med fingrarna efter skylten, hunden lade sig ner vid knäfalls-pallen och kvinnan fällde ihop sin vita käpp.

Prästen ringde i primklockan, församlingen ställde sig upp under ingångspsalmen, korgossarna trädde in med tända ljus och ett kors följda av prästen i grön mässhake. Mässan började på sedvanligt sätt med syndabekännelse, kyrie och förlåtelsebön. Mässan övergick i ordets liturgi och församlingen satte sig ner.

Det var då de kom. De två blinda. De höll varandra i hand och trevade sig mittgången fram. De sökte efter plats men fann ingen förrän de kom fram till första bänk, där den blinda kvinnan med ledarhund satt ytterst på bänkraden. Förmodligen hade kvinnan i paret lite ledsyn för de upptäckte de lediga platserna och trängde sig in där. De visste inte det som alla i församlingen visste, att det låg en hund vid kvinnans fötter! Barnen ställde sig upp. Församlingen drog hörbart efter andan. Den blinda kvinnan med ledarhund satt lugnt kvar. På något sätt lyckades i alla fall manövern, paret satte sig tillrätta. Barnen satte sig igen och församlingen kunde åter koncentrera sig på att lyssna till innehållet i bibeltexterna.

Mässan fortskred och församlingen tappade intresset för de tre blinda på första raden. Prästen läste evangelietexten och församlingen som åter stått upp satte sig ner för att lyssna till predikan. Det var församlingens unge vackre präst. Detta var hans första tjänst. Församlingen älskade honom. Solen sken in genom de höga kyrkfönstren. Detta var verkligen söndagsfrid.

Det var då det hände.

Den blinde mannen svimmade. Han gled helt enkelt ner mellan bänkarna. Omgiven av två blinda kvinnor och en hund. Barnen hoppade upp som små gubbar ur lådan. Församlingen drog återigen efter andan. Den unge prästen kom av sig i predikan. En polsk kvinna reste sig ogenerat upp för att inte missa någon detalj av skeendet. Sekunder långa som timmar passerade innan en kvinna på andra bänkraden resolut sträckte sig fram för att dra upp mannen. Hon var stor och kraftig, hade en voluminös bak och var klädd i kortkort kjol. Men hon lyckades att få upp mannen som kvicknade till. Sakristanen kom med ett glas vatten. Prästens förskräckta ansiktsuttryck försvann och han lyckades knyta an till tråden i predikan.

Mässan fortsatte utan vidare intermezzon och alla gick glada hem och glömde snart bort både predikan och de tragikomiska avbrotten. Men hon glömde inte.

Efter detta såg hon aldrig mer det blinda paret. Skylten som reserverade plats för blind med ledarhund togs bort. Kvinnan flyttade från orten. Kanske finns nu en liknande skylt i en annan kyrka. Den unge prästen har blivit äldre och arbetar i annat land. Fortfarande fylls kyrkan söndag efter söndag med människor som kommer för att möta Gud. Fortfarande sätter sig folk längst ut på bänken och de senkomna ålar sig förbi, upptäcker att de glömt psalmbok, går för att hämta denna och återigen tränga sig förbi de ytterst sittande.

Hon har också flyttat till en annan stad och en annan kyrka. Hon minns inte längre exakt vilket år detta hände. Hon minns inte vad predikan handlade om. Men hon minns alldeles tydligt de tre blinda personerna. Människor kan leva kvar i minnet precis som de var den där söndagen för tjugo år sedan när solen sken in genom de höga kyrkfönstren.

Sommarens stora fiesta var inne; firandet av den heliga Carmen, fiskarnas skyddshelgon. Hettan vibrerade. Den onormala värmen var irriterande och det dagliga samtals-ämnet i den spanska fiskebyn. Kyrkan var fullsatt redan en halv timma före kvällsmässan. Det var mest kvinnor. Deras solfjädrar vaggade i takt. Kyrkans fläktar roterade. Kvinnorna hade sina kortärmade söndagsklänningar mönstrade i blåvitt eller svartvitt utom ett par djärva damer i respektive grönvitt och rödvitt. De yngre hade långa shorts och enfärgade t-shirt tröjor. Hettan var tryckande och kyrkans tjocka stenmurar gav ingen svalka.

Mariastatyn var nedtagen från sin upphöjda plats bakom högaltaret. Den var nu placerad på ett fundament färdig för båtprocessionen. Statyn var omgiven av vita nejlikor och gladiolus i sådan mängd att det syntes som om Maria med Jesusbarnet på sin arm stod i ett vitt moln.

De första bänkarna var reserverade för honoratiores och de fem nunnorna satt på en bänk. Prästen i den vita alban tände ljusen på altaret och därefter det elektriska ljuset i de två sjuarmade ljusstakarna på ömse sidor om altartavlan.

Det hördes ett stilla sorl av kvinnoröster. När någon kom in sökande efter plats höjdes sorlet något. En och annan solfjäder lyftes mot munnen och blev stilla. Huvudet lutades mot grannen och en viskning utväxlades. En nick bekräftade omdömets riktighet. Kvinnorna var välkammade som om samtliga besökt byns frisörska denna dag.

En av männen var Pedro, den pensionerade skol-läraren. Rak och myndig satt han och såg sig omkring. Han hade gått runt hela kyrksalen och satt nu bredvid sin tjocka fru, det var hon som hade grön och vitmönstrad klänning. Den andre mannen var den åttioårige Jaime, även han rak i ryggen. Han ägde mycket mark och visste att den var värd en förmögenhet.

De dagliga bergs-vandringarna som doktorn ordinerat mot hans astma hade vitaliserat honom och han såg betydligt yngre ut än han var.

Minuterna segade sig fram. Bakom altaret var åtta stolar uppställda. De reserverade bänkarna stod fort-farande tomma. Från orgelläktaren hördes skrap av fötter när körsångarna samlades. Solfjädrarna rördes sakta fram och åter. Maria med Jesusbarnet stod i blommolnet och kyrkans många buketter i rött och vitt sände ut sin söta doft.

Så kom honoratiores; borgmästaren med fru, polis-chefen med fru, tullchefen i kritvit uniform med fru och de övriga, vilka de nu var. De gick mittgången fram medvetna om sina positioner och alla blickar som riktades mot dem. De intog sina platser och hela menigheten höll andan i väntan på att prästerna skulle komma och mässan därmed börja.

Det var då hon kom, Antonia. Hon var osedvanligt tjock. Hon log med hela ansiktet och var klädd i en färg-sprakande klänning som böljade ut över hennes kropp. Hon trängde sig in mellan de stående längst den högra sidogången och spanade förgäves efter en tom plats. Så vände hon runt sidopartiet och gick mittgången nedåt. Hon räknade hur många som satt på varje bänk. Fyra per bänk var lagom i den lilla bykyrkan, nu satt fem på varje bänk. Antonia räknade och upptäckte en bänk på vilket det bara satt fyra damer. Antonia pekade. Damerna tittade på varandra och skakade på huvudet, men Antonia räknade högt och pekade på andra bänkar. Då flyttade tre av kvinnorna ihop sig och gav plats för Antonia mellan sig och den fjärde kvinnan. Det svaga sorlet i kyrkan upphörde. Alla drog efter andan. Antonia trängde sig in och fick med mycket möda ner den yttersta delen av den runda baken på bänken.

Det klerikala följet av åtta präster skred in i kyrkan. Alla reste sig för den inledande delen av mässan och under körens sång. När man åter satte sig damp Antonia först ner på bänken. Knappt en decimeter av kyrkbänken återstod för kvinnan, som satt längst ut mot mittgången. Hon tvingades balansera på det smala området genom att vrida sig på tvären och sätta fötterna på golvet. Antonia deltog i liturgin med hög röst, omedveten om sin bänkgrannes dilemma. Predikan mottogs vad man kan förmoda på olika sätt av Antonia och hennes bänk-grannar.

Solfjädrarna vaggade i takt, fläktarna roterade, blommorna doftade och Maria med Jesusbarnet stod i molnet av vita blommor. Och när allt kommer omkring läses ju en spansk mässa i hög hastighet och Antonias bänkgranne ramlade faktiskt aldrig av bänken.

Nu är hon en gammal kvinna. Hon lever med sina barn och barnbarn och har inte längre någon viktig uppgift att fylla. Hon hjälper till med tvätten, lappar och lagar, rör i grytan vid långkok. Ibland sitter hon med ett barnbarn i knät och då berättar hon om deras farfar Simon. Hon berättar om hans krulliga hår och lockarna som stod ut vid tinningarna och hon känner igen hans drag hos sina sonsöner. Hon beskriver hans korta och lite satta kropp och hans mörka korta skägg och hur det kittlade när han lade sin kind mot hennes. Han är död nu. Ja, hon är gammal, överårig, lever på övertid, som de gamla säger. "Ditt liv är långt om det blir sextio eller sjuttio år".

De var unga och lyckliga när de blev ett par. Simon bodde fortfarande hos sina föräldrar, pappan hette egentligen Johannes men kallades Jonas, därför sade man Simon Barjona om Simon. Han kom från Betsaida, strax österut. Hans bror hette Andreas. Han hade flera systrar och bröder men det är Simon och Andreas och deras far som är mest kända – fast hon vet inte – om det inte är bättre att inte vara så berömd och istället taga hand om familjen, hus och hem och utkomst. Hon menar, tänk om alla gjorde som Simon och Andreas, att de hux flux bara lämnade alltihopa för att ge sig ut och vandra från by till by och följa en religiös ledare. Hon suckar för sig själv när hon tänker på det. Livet blev så underligt, aldrig trodde hon att det skulle bli på det viset och nu sägs det att Simon – hennes man alltså – är död. Inte vet hon om det är sant, han försvann och det sades att han farit till Rom. Hon fick inte följa med. Han blev så mäktig, han Simon, inte kunde han dra på henne, men en gång då de var unga, då älskade de varandra och hon tyckte mycket om sin man Simon.

Allt förändrades den dagen när Simon och Andreas var ute med kastnät, det var vid Galileiska sjön, de bodde ju i

Kafernaum. De var fiskare precis som pappan och de var ute för att fiska.

Då kom det en man som hette Jesus. Han hade stannat och tittat på Simon och Andreas. Så hade han sagt att de skulle följa honom. "Jag skall göra er till människo-fiskare" hade han sagt. Det har andra berättat. Simon kom inte hem. Han kom aldrig hem och talade om för henne att han skulle lämna henne och barnen. Det kan hon aldrig glömma. Grannar kom och var upprörda för att både Simon och Andreas hade lämnat sina nät. Bara lämnat dem. De som var så noga med att samla in näten och spänna upp dem mellan störar så att de skulle torka. Simon brukade sitta framför brasan och laga trasiga nät och det var en fröjd att se när han knöt nya nät. Hon kunde sitta tyst och titta på hans kraftiga händer och trådarna som gled lätt mellan fingrarna. Några grannar fick gå ner till sjön och samla ihop näten och ta hem dem, det är dyrbara saker som man inte bara kan lämna och de hade fått sådan mängd fisk att båtarna nästan sjönk.

Simon kom inte hem och inte heller Andreas men andra berättade att han Jesus kom och en stor folkhop följde honom. Han talade till folket som om han var väldigt lärd och folk tyckte om att lyssna på honom. Folk trängde sig på och då fick Jesus fick syn på Simon och Andreas. När de tog rätt på sina nät gick han ner i deras båt. Han såg att de inte hade fått någon fisk och då hade han sagt till dem att gå ut på djupt vatten och lägga ut näten igen. De hade opponerat sig för de hade varit ute hela natten och inte fått någon fisk. Det är så, vissa dagar får de mycket och andra gånger ingenting. Folk som berättade om det här sade att Simon gjort som Jesus sagt. Det förvånar henne för Simon var ganska envis och sturig och ville göra på sitt eget sätt. De hade tagit ut båten på djupt vatten och de hade fått så mycket fisk att båten höll på att sjunka, de fick tillkalla ytterligare en båt och även den blev fylld med fisk. De tog allt i land men när Jesus gick vidare så följde den token

Simon med. Så gjorde också Andreas och två andra fiskare som hette Jakob och Johannes, de är söner till Sebedaios.

Från den dagen var Simon som förbytt. Visst kom han hem då och då men så försvann han åter. När han kom var han alltid tillsammans med Mästaren – det var så de kallade Jesus – de var tolv män som gick omkring från by till by och talade, folk var som galna för att lyssna. Hon tycker att en man skall sköta sitt arbete, det skall vara ett hederligt arbete och inte bara att gå och prata så där. Inte heller vet hon varifrån de fick pengar. Men de bad aldrig om pengar när de kom hem.

En gång var hennes mamma sjuk. Hon hade hög feber. Simon och de andra hade varit i synagogan och sedan kom de hem, det var Jesus, Simon och Andreas och så var det Jakob och Johannes, som kom in i huset. De andra var kvar i trädgården. När de kom förstod hon att de ville ha mat och hon hade soppa på spisen så hon lade i mer grönsaker och började sätta fram soppskålar och bägare för vin och vatten. Hon berättade för dem att hennes mamma var sjuk och då gick Simon och Jesus in där mamman låg. De var inte borta lång stund förrän de kom ut tillsammans med mamman. Hon var helt frisk och satte genast igång att hjälpa till och servera bröd och oliver. Simon viskade till henne att Jesus bara tagit mamman i hand. Det var som om en stöt gick igenom henne och så var hon frisk. Simon tyckte att Jesus var helt fantastisk. Han beundrade honom och kallade honom Mästaren och Jesus kallade Simon för Petrus.

Det finns så många historier om hennes man Simon. Det är folk som berättat dem för henne. Inte vet hon om allt är sant. Hur skall man veta det? Det är bara när man själv är med – åsyna vittne – som man med säkerhet vet. Inte ens då kan man förlita sig till sina egna upplevelser för ibland är verkligheten mer fantastisk än berättelsen.

Det sägs att Simon blev Mästarens närmaste man. Simon gick alltid bredvid Jesus och talade med honom och när de satt vid bordet härhemma satt Simon på hans högra sida. Hon tror att Jesus förlitade sig på Simon, men hon då – hon hade också litat på Simon – de hade lovat varandra att hålla ihop hela livet – men Simon övergav henne – och det blev hon ledsen över. Det är väl självklart att man blir besviken och ledsen och till och med arg när ens make lämnar en för att gå från by till by och predika. Hon har så många gånger tänkt på hur det skulle ha varit om Simon den gången han var ute och fiskade, om han kommit hem och rådgjort med henne. Hon hade sagt nej. Hon är övertygad om att hon sagt nej. Hade allt varit annorlunda då? Hade Simon då suttit här bredvid henne och knutit nät med sina gammelmans-händer? Nej. Innerst inne tror hon inte det varit bra. Livet måste ha sin gång. Så här blev hennes liv. Hur Simons liv blev har hon bara fått andrahandsuppgifter om.

En gång – så har någon berättat – så vände sig Mästaren till Simon och frågade om Simon älskade honom. Simon lär ha svarat:

"Ja, Herre, jag håller dig kär."

Då hade Mästaren sagt:

"Föd mina lamm."

Alla har funderat över dessa ord och ingen förstår vad de betyder. Simon var ju fiskare och ägde inga får, och inte heller Jesus eller hans mamma ägde får. Sådant får man höra berättas om Simon och Jesus och ingen förstår vad det betyder. Sådana som är insatta i skrifterna och profeterna menar att det var tecknet på att Simon skulle ta över ansvaret för rörelsen när Jesus var död. Inte vet hon om det är en efterhands-konstruktion – vad vet väl hon – en gammal övergiven kvinna som inte har annat att göra än fundera över livet som passerade, det som inte blev vad hon förväntat sig.

De ortodoxa grupperna tyckte inte om att Simon följde Jesus och därför blev han förföljd – precis som Jesus. Det har berättats för henne att strax innan Jesus dödades genom att korsfästas hade Jesus sagt till Simon att han skulle förneka sin Herre. Simon var alltid entusiastisk och hade nekat till detta och försäkrat att det aldrig skulle ske. Mästaren hade sagt att innan tuppen gol tre gånger skulle han förneka honom, och så skedde också. När Simon hörde tuppen gala blev han förtvivlad. Han hade verkligen förnekat att han kände Jesus. Simon var en stark personlighet men i prövningen var han svag och en del sade till och med att han var feg.

När de fick besked om att Jesus avrättats trodde hon att allt skulle återgå till det gamla och varje dag väntade hon på Simon. Han kom inte. Tvärtom började han med sina långa resor. En gång kom han förbi Kafernaum som hastigast och då tog han henne i sin famn men hon kunde inte ge honom sin kärlek och sin ömhet. Hon var sårad och drog sig undan. Så försvann han snabbt igen och besöken blev allt färre. Hon hörde att han varit i Jerusalem. Men också att han rest till både Korint och Efesos. Han reste mycket men bosatte sig sedan i Rom. I Jerusalem möttes den gamla gruppen till vad de kallade apostlamöte. Det var Jakob som var ledare i Jerusalem. En ny man hade förenats med dem, han hette Paulus och samarbetade nära med Simon. En gång när de haft ett sådant möte tog sig deras yngsta dotter dit. Det var Simons älsklingsbarn och de hade samma personlighet. Hon följde tydligen med honom till Rom för hon kom aldrig tillbaka till hemmet.

Nu är Simon död. Det är många som säger det. De säger, att han avrättades precis som Mästaren och de har begravt Simon i Rom, alla kallar honom för Petrus numera.

Det är som om hon äntligen får sörja. Förr var hon mer arg och bitter, men det är inte något värt. En gång var det hon och Simon; nu är det bara hon. Han lämnade spår efter sig, men hon – hon kommer bara att glömmas bort, ingen kommer att minnas hennes namn och ingen kommer att veta att hon ens levt.

Hon stod på trappavsatsen ovanför den breda trappan av ek. Den var klädd med en tjock persiskt mönstrad matta. Tavlan var placerad så att det första en besökare i deras hem skulle se var hennes porträtt målat av Meister. Det var så mannen ville ha det, det var så det var. Med stolthet förevisade han tavlan för varje ny gäst och med stolthet berättade han vem som målat den och med stolthet upplyste han att porträttet avbildade hans hustru under deras förlovningstid. Hon undrade om det var bilden av henne mannen älskade eller om det var henne själv. Om det var den unga vackra fästmön eller om det var den mogna hustrun.

Tavlan var målad inför hennes bröllop med Jerome Stonborough. Hon var tjugotre år och så vacker som endast en ung kvinna är inför sitt stundande bröllop. Den tid då varje kvinna är som vackrast, i väntan på att slå ut, innan vardagliga trivialiteter sätter spår i ansikte och kropp. Förväntansfull, redo, fylld av liv.

Hon hade när hon skulle stå modell för Herr Meister Klimt provat den ena klänningen efter den andra. De var alla uppsydde inför det stundande bröllopets alla fester. Han hade pekat ut den vita, den i tunt italiensk georgette. Tyget var plisserat och föll i stora böljor runt hennes kropp. Han hade tittat på henne uppifrån och ner där han stod i sin blå målarrock. Det hade generat henne och hon vågade inte möta hans blick. Han hade lagt sjalen runt hennes rygg och underarmar och lagt hennes händer så att de vilade i varandra. Han hade gått tillbaka till det höga staffliet och skärskådat henne ännu en gång. Åter hade han kommit fram till henne och skjutit ner klänningens urringning så att brösten anades. Men allt detta visste bara hon. Nu var han död. Så var också Jerome, hennes man.

Hon stod framför tavlan och mindes att hon hållit läpparna lätt åtskilda. Hon hade känt sig säker, viss om sin skönhet och om den rikedom som väntade henne. Snart skulle hon vara Frau Stonborough.

Nu är hon gammal. Om någon timma skall man hämta tavlan och placera den på ett museum i München. Sedan herr Meister Klimt dött hade många konstkännare och forskare begärt att få komma till deras hem enbart för att se den här tavlan. Hon funderar över vad den visar. Vem är egentligen kvinnan på porträttet? Vem är hon som står framför bilden? Hon hade läst i tidningen att man från museet förvärvat den berömda tavlan målad av Gustav Klimt. Den som föreställde Margareta Wittgenstein, filosofen Ludwig Wittgensteins syster.

Hon suckar djupt.

Drar in luft i lungorna och betraktar tavlan intensivt.

Här står jag och jag vet inte vem jag är. Kvinnan på bilden har mina drag och de kläder som syddes till mig. Då skulle jag ändra mitt namn från Wittgenstein till Stonborough. Nu presenteras kvinnan på bilden inte som jag, inte heller som den jag en gång var.

Porträttet har inte längre något med mig att göra. Det tillskrivs konstnären Gustav Klimt och den avporträtter-ade presenteras som systern till min bror geniet.

Ave Maria, gratia plena
Knäböjande håller jag radbandet i handen och andas i takt med stavelserna
Kvinnan sätter sig på bänken framför mig, precis invid väggen
Min bänk är tom
Hennes bänk är tom
Hon lägger sin väska bredvid sig, drar av sig ylletröjan och lägger även den på bänken
Primklockan ljuder, prästen träder in och församlingen reser sig

Med stiletten i min knutna hand låter jag en sky av stick punkterna hennes runda rumpa tills jag slutligen sticker stilettbladet genom den tjocka bruna flätan rakt in mellan revbenen, rakt in i hennes hjärta.

Med den blodiga stiletten i mina båda öppna händer bär jag fram den och lägger den på altaret som ett offer. Sjunker ner, känner det kalla marmorgolvet mot pannan och gråter hejdlöst.

GRÅT DEL II

Det är inte en människa jag dödat!
Det är hans hemliga dröm
avslöjad
i förbigående
i en bisats
vilket han senare förnekade
att han någonsin sagt

Människan, den som jag inte dödat,
blev själva inkarnationen av hans tankar
de som inte tillhörde mig
som inte riktades mot mig
som jag inte lyckades fånga.
Hur mycket jag än försökte.

Vad hade jag för val?
Mer än att döda
Den som var hans förkroppsligade hemliga dröm!

Marta bor i Betania, en timmes väg sydost om Jerusalem. Man går ut genom porten i den första muren och genom Kidrondalen vid Siloadammen och över Olivträdsberget samma väg som mot Betfage. Olivberget har gamla kraftiga träd, en del sägs vara från kung Salomos tid. Kronorna med de silvergröna bladen silar det starka solljuset och ger luften en mild dager. Fåglarna far som snabba pilar, harar och rådjur gömmer sig i snåren. Människor söker sig till skuggan under träden med de knotiga stammarna. En del träd har urholkade stammar och bisarra former. Omkringvandrande grupper sover då och då bland träden.

Familjen äger tio träd, en mansålder gamla. Det är då de bär som mest frukt. Ett enda träd kan ge ett fat, fyrtio kilo, skörd. Oliverna skördas från sjätte månvarvet, september, till elfte månvarvet, februari, och man breder ut stora tygstycken på marken och slår ner oliverna med långa käppar, samlar upp frukterna i korgar och rensar dem från blad och kvistar. De gröna omogna oliverna läggs i saltlake som suger ur bittra ämnen. Lagen kryddas med fänkål, citronskal och pepparrot. De mogna mörkvioletta oliverna kan man äta direkt, man lägger dem i olja, saltar och kryddar med vitlök och lagerblad. Svarta oliver bör ligga två månvarv i saltvatten med citron och vitlök innan de äts. Riktigt svarta och skrynkliga oliver pressas till olja. De finaste oliverna ger jungfruolja och Marta följer gamla familjerecept och deras olja är känd vida omkring.

Marta och hennes syskon får så mycket oliver att de säljer en del. Ibland kommer resande sällskap förbi deras hus, de har hört om Martas olivinläggningar och andra trädgårdsprodukter. Hon är noga med kvalitén, endast de bästa råvarorna används. Man kallar jungfruoljan för det flytande guldet.

Marta är äldst av tre syskon, hon har en syster som heter Maria och en bror vid namn Lasaros. Redan när föräldrarna levde ordnade Marta det mesta. Maria tycker mest om att sitta och läsa och lyssna till de skriftlärda. Lasaros är mycket sjuk och Marta är orolig för honom. Det är Marta som gör nästan allt hemma, det är främst hon som har ansvar för huset, trädgården och deras utkomst. Det går bra, bara syskonen gör allt på Martas sätt.

Nu har det kommit ett orosmoln, som splittrar syskonskaran. De har lärt känna en av de religiösa ledarna som vandrar runt. Han heter Jesus och kommer norrifrån. Första gången de lärde känna honom personligen var när han gästade Simon Leprans hus. Simon hade varit sjuk i flera år, han bodde med sina föräldrar och syskon men visade sig aldrig ute. Marta kände honom för hon hjälpte hans mamma, som var gammal. De gör så i byn att de hjälper varandra med skörden, vävningen och varjehanda. En del kan det ena och andra kan annat och det behövs fler armar när man till exempel skall skörda oliverna. En gång när Jesus kom till byn kom Simon Lepran springande. Han sprang rakt fram till Jesus och blev inte avvisad. En som har spetälska får inte gå ut bland folk. Men Jesus avvisade honom inte utan lade sina händer på honom och i ett enda ögonblick blev han botad från sjukdomen. Marta skulle inte ha trott att detta var sant om hon inte sett det med egna ögon. Men så är det. Hon kan inte förklara hur det gick till. Allt som sker går inte att förklara. Solen går upp i öster och ner i väster, nästa dag är solen tillbaka i öster igen. Ibland syns en stor regnbåge på himlen som en väldig mångfärgad bro för att plötsligt försvinna igen. Det är mycket man inte förstår, som inte ens de skriftlärda kan uttyda. När detta med Simon hänt gick alla till Simon Leprans hus och det var där de blev vänner med Jesus, framför allt brodern Lasaros och Jesus blev goda vänner.

Jesus är ledare i en grupp med tolv män. Han vandrar från by till by och talar så konstigt om att riket är nära. Marta förstår inte vad han säger men han talar intressant och berättar ofta historier; de kallar dem liknelser. Han är vänlig men kan bli arg. Folk har berättat att en kvinna kröp intill honom bakifrån och rörde vid hans mantelfåll, då blev han ond och sade att hon sög kraft ifrån honom. Men sedan vände han sig mot kvinnan och sade att hon skulle bli frisk och det blev hon. Människor pratar så mycket och Marta tror det hon vill tro.

När Jesus och hans följe kommer hem till Marta och hennes syskon sätter sig Jesus och talar med Lasaros om skrifterna och profeterna. En av lärjungarna heter Judas och han hänger alltid ute i köket hos Marta. Han är trevlig och full av lustigheter. Ibland tar han tag om hennes midja och snurrar henne runt så att hon nästan tappar andan. Då skrattar hon men skäller samtidigt på honom. Hon ser att han plockar till sig de bästa bitarna från faten men det blundar hon för. Han säger aldrig nej till att göra ett handtag, hämta vatten ur brunnen eller bära krukorna med vin. Han dricker för mycket, tycker Marta. Han har hand om gruppens pengar, de som de får av människor, han förvarar mynten i en läderpåse och sitter ofta och räknar pengarna i en undanskymd vrå. En som Marta gillar mycket är Tomas tvillingen. Han tänker mycket och accepterar inte allt de säger, men han är vänlig och rejäl. Marta tycker synd om honom att han skall ha så svårt att tro på det som Mästaren säger.

Martas bror Lasaros blev allvarligt sjuk. Marta tänkte att bara Jesus kom så skulle Lasaros bli bättre. Många blir friska när Jesus talar med dem och välsignar dem. Men Jesus syntes inte till och de sände bud med alla som var ute i ärenden på vägarna och de skulle tala om för Jesus att hans vän var sjuk. De hörde också att Jesus fått budet. Men han kom inte vilket förvånade dem. Så hände det förfärliga. Lasaros dog. De kallade på gråterskorna och Marta lindade Lasaros i rena vita linnebindlar och stänkte parfym över som brukligt var. Han bars till graven där deras mor och far och andra släktingar lagts.

Alla var ledsna. Marta och Maria, männen från synagogan och kvinnorna var med vid graven och alla grät. Varje dag gick systrarna till graven med färska blommor från trädgården. På femte dagen hörde Marta att Jesus närmade sig byn, de hör alltid nyheterna genom barnen som springer fort från hus till hus och berättar vad som sker. Marta skyndade sig ut mot vägen där Jesus kom. Hon förebrådde honom för att han inte kommit tidigare. Jesus sade, att Lasaros bara sov, men det var ju fel. Han var död och begraven. Marta skyndade sig hem för att hämta Maria, som genast reste sig utan att säga något. Jesus var ledsen och när både Marta och Maria kom emot honom ville de att han skulle med till graven, men han trodde fortfarande att Lasaros bara sov.

De visade Mästaren till familjegraven och han sade till några män att rulla bort stenen framför gravöppningen. Marta sade till Jesus att de inte skulle göra så eftersom hennes bror varit död i ett par dagar och kroppen redan luktade. Männen tog bort stenen och Jesus gick fram till gravöppningen och ropade på Lasaros.

Då hördes ljud inifrån graven och Lasaros kom ut, han hade fortfarande linnebindlarna runt sin kropp, men han levde. Marta visste inte vad hon skulle säga och göra men alla gick hem med dem och de ordnade en stor fest. Det hela var mycket märkligt och Marta förstår ingenting och det gör inte heller Maria.

En annan gång blev Marta faktiskt arg på Maria. Det var så här. Mästaren kom till deras by och Marta bjöd hem honom och hans folk. Hon tyckte, att de skulle få mat och hon satte fram torkad fårfiol, bröd, grönsaker, mycket vatten och vin. Maria brydde sig inte om att hjälpa till utan satte sig vid Jesu fötter och började smörja in dem. Då kände Marta doften av den dyrbara nardusoljan som Maria fått av en kvinna som kom från Indien. Det hade varit Marias födelsedag när kvinnan gästade deras hus och då hade hon fått flaskan med den fina

54

oljan. Det var en alldeles för fin present och Maria hade gömt den i den stora klädeskistan. Marta trodde att hon sparat den till sitt eget bröllop eller något annat speciellt tillfälle. Nu kände Marta doften som fyllde hela huset. Alla kom fram till Maria för att se vad hon gjorde. Marta var arg på Maria för att hon inte hjälpte till, men det låtsades Maria inte om. Då bad Marta Jesus att han skulle säga till henne. Men han vände sig om mot Marta och menade att det var hon som gjorde sig bekymmer. Det retade henne. Hur skulle de få mat om inte Marta gjorde i ordning den och ställde fram den?

Judas kom ut från köket och när han förstod att Maria tagit fram en så dyrbar olja sade han att de istället kunde ha sålt den – de skulle ha fått motsvarande en hel årslön för den. Han sade att de skulle ha gett pengarna till de fattiga, sådana finns i alla byar och framför allt i Jerusalem. Marta tror inte att han skulle ha gett bort pengarna, hon tror att han behållit dem själv

Marta tycker om Mästaren och hans folk och det är en ära för dem när de gästar deras hus – men nog tycker Marta att Maria gott kunde hjälpa till och inte sitta vid Jesu fötter och smörja dem och torka dem med sitt långa hår. Det tycker Marta är fel, men hon vågar inte säga något. Men fel är det.

Om man kommer till kyrkan i god tid före mässans början har man tid att landa (som det numera heter). Man har tid att sätta sig tillrätta, lätta på ytterplaggen och lägga psalmboken på plats. Och man kan ägna sig åt inre reflektioner eller helt enkelt iaktta det som händer i kyrksalen.

Den här söndagen förväntades inte många kyrko-besökare. Det var fjärde söndagen i advent och tillika julafton. När jag anlände var de flesta kyrkbänkarna tomma och jag satte mig längst in vid väggen på femte bänk, böjde knän och koncentrerade mig på fåren i julkrubban. Jag funderade över hur fåren upplevde den svala natten i Betlehem, då för tvåtusen år sedan. Hur den svaga vinden rasslade i olivbladen och herdarna lågmält talade med varandra. I julkrubban fanns oxen och åsnan på plats så ock flera får och ett par herdar. I stället stod Maria och Josef färdiga men krubban var fortfarande tom. Jesusbarnet skulle inte läggas dit förrän vid julnattsmässan. Amaryllisens röda klockor hade ännu inte slagit ut men de små röda julstjärnorna hade vissnat i sina krukor.

Då kom Danuta. Hon hälsade och nickade till de få kyrkobesökarna och satt sig på sin vanliga plats två bänkrader framför. Med vällagt hår, kritvit blus och högklackade skor till röd dräkt. Genast började hon söka efter de angivna psalmerna i Cecilia.

Elisabeth, nittio år gammal, med dålig syn och hörsel, kom klädd i kamelhårsfärgad ulster och pälsmössa. Hon satt alltid ytterst på raden framför mig och placerade sin krokodil-handväska bredvid sig på kyrkbänken. De flesta församlings-medlemmarna hade sin utvalda plats. Med en flyktig blick runt i kyrkan kunde jag konstatera vilka som var på plats och vilka som var frånvarande. Men det visste inte tillfälliga besökare. Gamla Greta gick helt sonika fram till den som råkat sätta sig på det som hon tyckte var hennes plats och upplyste om detta varpå besökaren slokörat fick finna en annan plats. Men den här söndagen var inte Greta i kyrkan. Jag satt fortfarande ensam på min bänk men tankarna på fåren vid stallet hade förflyktigats.

Organisten stegade fram till Elisabeth med en blomsterpåse, lämnade blommorna och önskade för-modligen God Jul. Men Elisabeth som varken såg eller hörde uppfattade inte organistens hälsning. Hon tog ändå emot gåvan och tillsammans lade de blombuketten under kyrkbänken. Då föll Elisabeths handväska i golvet med en smäll och innehållet spreds ut på golvet. Båda kröp under bänken för att samla ihop sakerna.

Danuta reste sig nu upp och med psalmboken i handen pekade hon ömsom i boken och ömsom på nummer-tavlan. Organisten upptäckte att siffrorna i av psalmerna hade kastats om, men eftersom han var kortväxt fick han dra fram en stol, kliva upp på den och ändra siffer-ordningen.

Mässan hade ännu inte börjat. Nu kom en filippinsk familj, först mamman och den tioåriga dottern. De klämde sig förbi Elisabeth, som satt längst ut på bänken. De hejade på Danuta och satte sig tillrätta på bänken. Jag satt fortfarande ensam på min bänk. Då kom den filippinska pappan med babybarnet på armen. Även han tryckte sig förbi Elisabeth, nu var bänken framför mig fylld. Den tioåriga flickan var förkyld och snöt sig i olika hörn av pappersnäsduken varefter hon noga studerade resultatet.

Mässan tog sin början och den filippinska babybarnet jollrade högt under psalmsången.

Då upptäckte kyrkvaktmästaren att siffrorna i ytterligare ett psalmnummer var omkastade. Han gick fram till nummer-tavlan, drog fram stolen och klev upp på den och flyttade de lösa siffrorna till rätt ordning,

Liturgin fortsatte och först efter eukaristins firande anlände Josefina klädd i päls och pälshatt. Hon satte sig på sin vanliga plats i andra bänkpartiet. Jag sneglade på klockan och det ryckte i mina mungipor.

Ite, missa est.

Sedan åkte jag hem för julaftonslunch.

Hon väntade på att förmiddagens varjehanda ljud skulle tona bort. Ljudet av de snabba kvinnorösternas diskanta toner, de lät som kacklande hönor. Barnens gälla skrik. Varför kan barn inte samtala, varför måste de alltid ropa till varandra? Några barn hade denna morgon ihärdigt trummat med träslevar på en gjutjärnsgryta. Några män hamrade och byggde ett plank i närheten och grannens åsna skriade, förmodligen åt en hund som försökte reta den. Byns alla tuppar hade redan stoppat huvudet under vingen. Ett efter ett dog ljuden ut tills siestan lade sin mjuka tystnad över allt och alla.

Hon satt i dörröppningen mot trädgården med den tomma lerkrukan vid fötterna. Mannen sov bakom det glesa förhänget, hon hörde hans jämna andetag. På morgonen hade hon bakat valnötsbröd på färsk honung och ostmassa, hon hade jäst degen i små lerkrukor och brödet doftade under den vita bakduken.

Som varje annan dag hade hon tvättat sig från topp till tå, hon hade det långa håret utbrett över axlarna precis som en ung flicka trots att hon nu var en mogen kvinna. Det retade kvinnorna i byn och hon hörde deras fnysningar bakom ryggen.

Klänningen hon bar var inte ny. Men hon hade sprättat upp sömmarna, tvättat och strukit tyget och sytt om den. Hon hade lekt med tyget som var olikfärgat och nu hade klänningen en färg fram och en annan bak. Hon log för sig själv när hon tänkte på hur kvinnorna skulle få ett nytt samtalsämne, något nytt oviktigt att förfasa sig över. Hennes kinder blev röda när hon tänkte på männens blickar som skulle följa henne, hon kunde redan känna dem och de kändes inte obehagliga.

Nu hade ljuden ebbat ut. Hon lyfte upp krukan på huvudet och började vandringen, rak i ryggen, upp mot brunnen på berget, till brunnen med det klara källvattnet. Hon gick alltid under siestan när hon inte riskerade att möta de andra kvinnorna, hon undvek deras sarkastiska kommentarer och deras avståndstagande.

När hon just rundat den sista busken på stigen såg hon att det satt en ensam man på brunnskanten. Hon kände inte igen honom och under bråkdelen av en sekund tvekade hon om hon skulle vända och invänta tills han gått. Men hon brukar inte tveka och gå undan och det gjorde hon inte nu heller.

"Ge mig något att dricka", sa mannen.

Hon förde håret åt sidan och såg att det var en jude. Hon tittade rakt på honom och undrade varför han som var jude tilltalade henne — en samarisk kvinna.

"Men ..." hon tvekade.

Då sade han något konstigt:

"Jag skall ge dig levande vatten att dricka."

"Men – men ni har ju inget att ta vattnet i."

Hon slog sig ner på brunnskanten och de samtalade med varandra. Han berättade att han var på vandring från Judeen norrut hem mot Galileen, men att han blivit trött, det var varmt och han var törstig. Han berättade att hans bröder gått ner till staden för att köpa mat och hur han tyckte det var skönt att sitta här på berget i skuggan av pinjeträden och lyssna på cikadornas spel.

Han vände sig mot henne och såg på henne med en oändligt mild och kärleksfull blick så helt annorlunda den avklädande blick som män brukar se på henne. Han bad henne gå och hämta sin man och när hon upplyste om att hon inte hade någon, sade han:

"Du har rätt när du säger att du inte har någon man. Fem män har du haft, och den du nu har är inte din man. Där talade du sanning."

Hon satte hastigt handen för munnen och rodnaden spred sig på kinderna. Detta kunde hon inte avfärda. Detta kunde hon inte kasta tillbaka på honom med en bitande sarkasm. Vad han sagt, var sant – men hur kunde han veta?

Hela tiden såg han på henne med en oändlig kärlek och hon tyckte sig se rakt in i Guds ansikte.

Lärjungarna kom uppför stigen, hon hörde deras röster i tystnaden. Själv sprang hon på bara fötter ner till byn och hon berättade för första bästa vad hon upplevt och den ena efter den andra kom ut ur sina hus. De följde henne och hon satt vid den underbara mannens fötter när han talade till folket som samlats. Alla ville höra mer och mer av vad mannen talade om och mannen blev kvar i trakten i två dagar. Sedan vandrade han norröver följd av sina tolv lärjungar.

Hennes liv förändrades helt efter den dagen. Nu var det ingen kvinna som undvek henne, inget barn som skrattade bakom hennes rygg och männen kastade inga lystna blickar efter henne. De kom till hennes hus och hon fick åter och åter berätta om mannen på berget. Det var som om hon var invigd i ett mysterium. Barnen kom och satt runt henne och hon berättade om Abraham, Isak och Jakob, om Mose och Aron och om Josef, som var begravd hos dem och om hans elva bröder. Alltefter som hon berättade steg historierna upp i hennes minne och hon berättade om den frälsare som alla judar väntade på och som hon trodde var mannen på berget.

Hon flätade sitt hår och knöt ett band om flätan i färg med den klänning som hon bar för dagen. Fortfarande inväntade hon siestan innan hon tog sin lerkruka och vandrade på åsnestigen upp mot Jakobs brunn. Hon väntade varje dag att få se honom igen och hon satt där han suttit och hon kände värmen och hörde cikadornas musik.

Det är en fix idé hos mig. Jag kommer inte från den. Den förföljer mig dygnet runt, framför allt på nätterna. När jag lyckas slumra till en stund vaknar jag med ett ryck, munnen är torr som sandpapper, hjärtat bankar som en stånghammare, jag är säker på att dö. Tankarna mal och mal. Jag tål dem helt enkelt inte, de där överspända fanatikerna. Jag har bestämt mig för att mörda dem och jag måste göra mig av med dem alla, det är det svåra, det är problemet. Beslutet finns där, det är det som är den fixa idén.

Bara jag hör talas om dem så blir jag rasande inom-bords, ser jag några av dem så förstärks vetskapen om att jag skall mörda dem, alla. Det kan inte ske om de är tillsammans, det skulle inte funka. Förresten så samlas de numera inomhus i någons hus. Förr kunde man se dem sitta under ett träd eller i en dunge, men det var när ledaren ännu levde. Han mördades han, men gruppen finns kvar. De är tolv nu igen, en av dem tog sitt liv. Jag är faktiskt förvånad att inte alla gjorde det, men genast skaffade de sig en ny medlem till gruppen. Tolvtalet, bara det irriterar mig. Precis som om de har patent på det talet. Det som retar mig mest är att de tror att de sitter inne med sanningen. Jag gillar inte besserwissrar, jag tål dem inte. Det är övermaga att hävda att man sitter inne med hela sanningen. Folk, de vet inte vad de skall tro så de jamsar med, men jag vet bättre, jag vet att de här nymodigheterna inte håller, de är inte tillräckligt underbyggda. Jag tycker att det är fräckt att de går ut och gör reklam för sin så kallade sanning. Nej, det finns bara ett sätt att sätta stopp för detta och det är att göra slut på dem, alla.

Jag har slipat mina knivar sylvassa, jag har vässat svärdet. Varje dag går jag över svärdet och knivarna med brynet, jag känner med fingret på eggen, det känns skönt. Jag övar mig på att arbeta med båda händerna samtidigt, en kniv i varje hand och svärdet på vänstra sidan, snabb att dra om jag mister en av knivarna, men knivarna är bäst. Jag har sytt två speciella fickor inne i mantelns veck, de syns inte och jag kan dra upp den ena kniven eller den andra eller båda på samma gång.

Problemet att sticka ner de där männen är att de aldrig går ensamma. De går alltid två och två eller i en liten klunga, det är det som är besvärligt. Jag menar, det är ingen konst för en man att döda en annan om han bara vet hur han skall placera stöten. Svårigheten är att överrumpla två män samtidigt. Jag har ingen medhjälpare, jag har inte visat knivarna för någon enda människa, jag har inte så mycket som andats om vad jag funderar på att göra. Jag skall döda dem, alla, alla tolv. De äldre männen tror jag inte kommer att orsaka några bekymmer. Jag är ung, jag är stark, jag är snabb och jag vet vad jag vill. Det är de unga som ger mig huvudbry. Några av dem. Jag har sett alla. Några av de unga är snabba och kvicktänkta och på alerten, det är de som får mig att tveka och vänta, det är de som får mig att vakna mitt i natten, svettig, torr i halsen, klarvaken, panikslagen. Då tänker på jag deras fräckhet att fortsätta att sprida sitt dravel trots att deras ledare är mördad, död och begraven. Visserligen har jag hört att de sprider ut att han inte alls är död, men ingen utom de själva, och så några förvirrade kvinnor förstås, har sett honom. Det var nog detta som fick mig att fatta mitt beslut att stoppa dem. Egentligen är det nu bara fråga om när och var jag skall slå till.

Idag hände något märkvärdigt, jag känner på mig att det var ett tecken, nu är snart tiden inne för det stora dråpslaget. Detta hände: en man, en helt ung man som hette Stefan hade duperats av den där gruppen som tror att de sitter inne med sanningen om livet. Han hade blivit så förbytt att han började skrika och babbla om att detta är sanningen, detta är vägen. Folk blev som galna, de accepterade inte att Stefan gjorde sig märkvärdig. De argumenterade mot honom men det gick inte att överbevisa honom om att han hade fel. Han såg bara salig ut. Fånig stod han där och tittade upp på himlen och mumlade för sig själv. Någon tog upp en sten och kastade på honom. När väl den första stenen var kastad så vågade fler och fler att kasta sten på honom. De drog av sig sina ytterplagg och kastade dem och de råkade hamna hos mig så där stod jag med en hög av tyg över mina fötter. Jag kände på mina knivar, jag kände på svärdet, men jag tog inte upp någon sten, jag stod bara där och såg ynglingen, som hette Stefan, sjunka ihop och dö. Då sparkade jag bort paltorna som låg vid fötterna och gick. Men jag var ursinnig. Hjärtat klappade och dunkade om vartannat och jag gick in i det ena huset efter det andra, jag vet inte varifrån jag fick kraft och mod. Jag körde ut både kvinnor och män och sade till vakterna att de skulle sättas i fängelse, så skedde också. Jag vet att nu är tiden inne, min stund, detta var tecknet, nu är jag redo att göra slut på dem, jag är ung, jag är stark, jag kan. Jag hatar dem för att de säger sig ha funnit sanningen.

Det gick inte som jag planerat. Jag kan inte säga att jag misslyckades! Nej! Det hände något mycket märkligt som jag inte kan förstå. Det var som jag förut sagt: jag hade bestämt mig, allt var klart, knivarna slipade, svärdet färdigt i sin slida, jag var mentalt förberedd, allt var klart och jag var på väg att mörda den där fanatiska gruppen och få slut på deras tal om sanningen. Jag var på väg. Det fanns andra runt omkring, men ingen visste vad jag hade i mina fickor och ingen visste mitt mål och mitt beslut.

Plötsligt när jag gick där kom helt oförberett en person fram till mig, helt klädd i vitt, inte smutsig och dammig, inte trött och svettig, han bara stod där framför mig, jag vet inte varifrån han kom, han stod där och sade:

"Varför skall du göra detta mot mig?"

Jag hörde det så sant och visst som jag sitter här, jag var inte påverkad av alkohol, jag var inte trött och vilsen, men jag kan inte förklara vad som hände. Jag visste ju inte vem det var så jag frågade vem han var och vad han trodde att jag skulle göra. Vad som sedan hände går inte förklara, det är historia nu. Jag förlorade synen! Någon hjälpte mig in i ett hus, jag vet inte vem. När jag frågade vad som hänt hade ingen sett något eller märkt något. Men folk var vänliga mot mig och gav mig att dricka men jag ville inte ha något. Men jag kunde inte se! Det tog tre dagar innan synen kom tillbaka. Det kom någon dit, det var någon som kom och knackade på dörren. En man rörde vid mig och i ett nu såg jag allt igen. Men det märkliga är att min fixa idé att mörda den där gruppen om tolv män, den var borta ur mitt huvud. Jag grävde ner knivarna och svärdet. Ingen skulle göra sig illa på dem. Nu är jag på väg att möta männen i den där gruppen och fråga om jag får vara med dem. Du kan skratta om du vill. Men jag skall faktiskt söka sanningen.

För sexhundra år sedan blev en liten by i Italien världskänd genom en oansenlig kvinna vars namn var Rita. Byn är svårtillgänglig, det finns bara en smal ingång mellan två höga klippväggar. Där inne ligger byn Roccaporena som i en stor jättegryta. Mitt i byn finns ett spetsigt berg och på berget ligger kyrkan.

I byn fanns på den tiden en familj med en liten dotter och hon hette som sagt Rita. Familjen var mycket from. Särskilt mamman som ofta vandrade upp för det branta berget till kyrkan. Där hade hon sin bestämda plats som hon så ofta hon kunde återvände till. Rita växte upp, lekte med de andra barnen, lärde sig att laga mat och allt vad en flicka behövde kunna. Men helst av allt ville hon gå till kyrkan och så fort hon kunde pilade hon iväg uppför branten och intog den vanliga platsen, där hon böjde knä och bad Hell dig Maria och andra böner.

När Rita var giftasvuxen och hennes kamrater bildade familj visade Rita inget intresse för att gifta sig, nej, istället gick hon dag efter dag till kyrkan. Visserligen hade hennes föräldrar tagit med henne och uppmuntrat henne att gå dit, men nu tyckte de att det faktiskt gick för långt. De tyckte att hon skulle ha en man och gifta sig. Det tycker alla och jag tror det beror på två saker, dels är de rädda för att deras döttrar skall råka i olycka, alltså få barn utan att vara gifta, och dels tänker de på att de inte vill försörja sitt barn hela livet och vad skall hända om de dör? Rita hade ju inget yrke och kunde inte själv försörja sig.

De såg ut en tänkbar pojke, faktiskt den ende som stod till buds. Han hette Paolo di Fernando. Rita var inte alls intresserad, hon ville vara i kyrkan och bedja, men efter ett långt resonemang gick hon med på giftermål. Hon var en lydig dotter. Nu var det så att Paolo di Fernando egentligen var vad nu för tiden kallas en värsting. Han var vildsint, råkade alltid i slagsmål och var faktiskt brutal.

Rita och Paolo gifte sig i kyrkan och hur det än var så fick de två pojkar. Så fort Rita kunde sprang hon iväg upp till kyrkan där hon böjde knä på samma plats dag efter dag. Hon gjorde detta så ofta att det blev märken i golvet. (När jag böjer knä så får jag bara ont i knäna och inte kan jag se några märken i vårt kyrkgolv. Men om du nu tycker detta låter otroligt så skall du veta att det finns olika slags stengolv. Vårt kyrkgolv är av marmor och hårt men det finns mjukare stenar som kalksten och krita och kyrkan i Roccaporena hade nog ett sådant stengolv.)

Vad Rita bad om? Ja givetvis att Paolo inte skulle vara så bråkig och hård och slåss så mycket. Nu påverkas vi människor av varandra speciellt om vi lever nära och i ett äktenskap. Paolo påverkades av Rita och hennes böner så att han blev en öm, god make och fader. Men byborna hade inte glömt Paolos dumheter från förr och en vacker dag (eller mörk och kulen natt, inte vet jag) hämnades de på honom, de låg i bakhåll och slog honom tills han dog.

Paolo begravdes. Nu var Rita änka och ensam med de två pojkarna. På dagarna var pojkarna ute och lekte och Rita hann springa upp till kyrkan och böja knä på den vanliga platsen. På kvällarna satt de vid spisen och pratade. Då fick Rita höra hur pojkarna viskade med varandra om att de skulle hämnas på dem som mördat deras pappa, alltså en vendetta. Båda pojkarna hade ärvt pappans häftiga temperament och inte sin mors fromhet. Rita blev ledsen och förtvivlad och utropade:

"Herre, låt dem hellre dö än att de skall bli mördare!"

Och kan ni tänka er, Gud hörde hennes böner och båda pojkarna dog hastigt.

Nu var Rita ensam, mannen var död och båda sönerna var döda. Rita hade kyrkan och nu kunde hon ofta vandra upp till det spetsiga bergets topp och bedja.

Det Rita egentligen alltid önskat var att bli nunna och nu var hon faktiskt fri att gå i kloster. En dag tog Rita sina tillhörigheter i ett knyte och vandrade ut genom byns smala bergsöppning till en plats, som heter Cascia, där det fanns augustinnunnor.

När Rita nådde klostret knackade hon på porten och portvaktssystern öppnade luckan i muren för att se vem det var.

"Jag är Rita, änka efter Paolo di Fernando, min man mördades och mina två söner dog och nu vill jag komma till er i klostret."

"Sa du att du varit gift?" frågade portvaktssystern.

"Ja", svarade Rita, "men de är alla döda och jag har bett till Gud hela mitt liv att jag skulle få komma till ett kloster."

"Gå härifrån", röt portvaktssystern. "Det här klostret är bara till för rena jungfrur!"

Rita fick vandra den långa vägen tillbaka till byn Roccaporena och fortsätta att gå till kyrkan och på kvällarna sitta vid spisen.

Återigen kände Rita att hon ville till klostret och återigen tog hon sitt knyte med tillhörigheter och vandrade bort från byn och till klostret. Återigen klappade hon på klostrets port och återigen körde portvaktssystern bort henne, den här gången med en kvast. Rita fick gå hem igen och slita på kyrkgolvet och ännu idag kan man se märkena i kyrkgolvet efter Ritas knän.

En tid gick och Rita bad och bad. Hon kände sig alltmer övertygad om att hon ville till klostret. Den här gången var det ingen idé att ta med tillhörigheterna i knytet. Rita vandrade iväg och nådde klostrets port och portvaktssystern frågade samma frågor och talade om att klostret endast var för rena jungfrur och en sådan var inte Rita. Portvaktssystern blev den här gången så arg att hon smällde igen luckan och gick in i klosterkyrkan för att tillsammans med de andra systrarna hålla tidebön.

Här är på sin plats att berätta att ett kloster är som ett litet samhälle med en mur runtomkring för att nunnorna skall få leva i avskildhet. Innanför murarna finns sov-salar, ett hus för kök och matsal, ett annat för sjuka, det finns verkstäder, bibliotek och så förstås kyrkan. Om inte nunnorna öppnar porten kan ingen komma in i klosterområdet.

När systrarna i lugn och ro läste tidegärden vilket de gör flera gånger om dagen får de höra kyrkportarna slås upp. Det var faktiskt mitt under Magnifikat. De blev väldigt förskräckta för som sagt ligger kyrkan inne i klosterområdet och några obehöriga kan inte komma in. Alla systrarna stirrade mot kyrkporten och abbedissan reste sig upp för att se bättre. Då får de alla se, vad?

Rita kommer in genom porten men hon är inte ensam. Hon har sällskap med Johannes Döparen klädd i kamelhår med läderbälte om livet, den helige Augustinus och den helige Nikola av Tolentino. Alla kände igen dem efter bilderna på kyrkväggen trots att de varit döda i många år. De heliga männen förde Rita fram till abbedissan och nu vågade ingen längre köra bort Rita när hon kom i så fint sällskap. Rita fick alltså stanna, men hur de heliga männen försvann vet jag faktiskt inte.

Inom ett kloster har alla sin speciella uppgift. Någon lagar mat, andra sysslar med textilier, en tredje sköter biblioteket och en fjärde odlar grönsaker. Nu gällde för Rita att få en uppgift. Hon tilldelades tillsynen av bi-kuporna, som var placerade längst bort i kloster-trädgården.

Men ni vet hur det är med oss människor. Vi försöker alltid att finna fel på våra medmänniskor och nunnorna i klostret i Cascia var inte bättre än andra människor, fast de borde vara det. De sa till varandra – fast egentligen får de ju inte prata med varandra - men ändå viskade de och sade: "Tycker inte ni att bina är mer argsinta nu än de var förr innan Rita kom hit?" De andra nunnorna nickade och när detta viskande pågått en tid fick även abbedissan höra det och till slut även Rita. Rita blev väldigt ledsen men hon hade inte slutat att bedja till Gud. På sitt vanliga sätt lade hon fram bekymren för vår Herre. Han hörde hennes bön och i ett nu förlorade alla bina sin gadd. Så om du någon gång träffar på ett bi som inte sticks, då är det ett av Ritas bin från Cascia som förirrat sig hit. För än i dessa dagar är bina i klostret i Cascia gaddlösa.

Vad hände med Rita? Jo, hon fortsatte att bedja och en gång när hon föll i hänryckning bad hon "Herre låt mig lida som du". I samma ögonblick fick hon en sticka från Jesu kors i sin panna. Det gav ett djupt sår som aldrig läktes. Därför avbildas hon på bilder med en törne i pannan. Om du någon gång befinner dig i en alldeles omöjlig situation då skall du vända dig till Rita och bedja om hennes förböner. Hon är ett helgon som hjälper oss i riktigt besvärliga situationer.

Rita firas i kyrkan den 22 maj. Hon har levt alldeles på riktigt. Hon var född år 1381 och dog i klostret i Umbrien år 1457.

Vid kaffet efter lunch i pensionatets matsal kunde samtalet få de mest udda vinklingar. Gruppen människor vid borden varierade från dag till dag men kärnan i de olika grupperingarna var ofta densamma. Någon ny gäst slog sig ner, andra reste sig för att gå en promenad eller lägga sig på sängen och lösa korsord. Lunchen var de flestas enda fasta tidpunkt under dagen och om någon bokat tid hos hårfrisörskan, fotvården eller läkaren så kände denna sig jäktad. Därför drogs lunchtimmen ut och blev till flera timmar, precis som vid en viktig långlunch. Restaurangen hann oftast stänga innan gästerna gick. Kaffet intogs på herrgårdsverandan och innan servitriserna stängde dörrarna gick de runt för att fråga om någon önskade mer kaffe. Tomma kaffekoppar samlades in men gästerna satt kvar ingripna i de mest bisarra samtalsämnen som denna om rhocagillöss.

Lovisa var ärtigt klädd med en scarf om midjan, långbyxor och vit blus, käppen höll hon i handen. Hennes mun var för liten för tänderna eller tvärt om och hon artikulerade orden intensivt och bokstavsenligt. Hennes röst var stark som om hon fortfarande undervisade sjuksköterskeelever. Stämman var gäll och hennes ord som uttalades entonigt gick inte att överrösta eller negligera. Hon stod vid bordet där sex damer satt i korgstolar. De noterade att hon kom men gjorde ingen invit att hon skulle sätta sig ner.

"Har det-ta bli-vit ett vand-rar-hem?"

De församlade damerna tittade förundrat upp.

"Jag undrar om det-ta bli-vit ett vand-rar-hem", fortsatte Lovisa.

"Vad menar du?" dristade sig Millan att fråga. Hon hade välondulerat vitt hår, var liten och späd och hade just berättat att när hon gick i skolan kunde hon lägga fötterna i kors på axlarna och kamraterna kunde bära henne i armarna runt gymnastiksalen. De andra hade undrat om hon inte kunde göra detta på den kommande midsommarfesten. Men Millan konstaterade lugnt att detta var när hon var ung och nu klarade hon inte av det längre. Hon hade under hela sitt liv ända in i pensionsåldern ridit och hennes ben var krumma som om de fortfarande omslöt en hästrygg.

"Jo", bokstaverade Lovisa, "man mås-te nu-mer-a ha eg-na la-kan. Har det-ta bli-vit ett vand-rar-hem?"

"Vi har väl alla egna lakan, det är väl inget konstigt", inflikade Siri.

"Det är väl för att det skall bli billigare", menade Greta-Charlotta.

"Det har stått i Herrgårdsbladet om detta. Det skulle kosta femtio kronor per dygn att låna lakan", fortsatte Siri.

"Nej femtio kronor för hela tiden", inflikade Millan. "Femtio kronor för fjorton dagar skull bli sjuhundra kronor. Det går inte. Nej, femtio kronor per tillfälle skall det vara."

"Det stod det inget om", vidhöll Siri.

"När man bod-de på vand-rar-hem fick man in-te ha e-g-en sov-säck". Lovisa drog in andan mellan varje stavelse. Läpparna rörde sig över käken i kraftiga gymnastiska rörelser.

"Jag har aldrig bott på vandrarhem", konstaterade samtliga damer runt bordet.

"Jo - det - har - jag - gjort", hackade Lovisa på.

"Det har jag i alla fall aldrig gjort", konstaterade Millan återigen.

"När jag var sta-tion-er-ad i Norr-köp-ing och skul-le till Hel-sing-borg, då bod-de jag på vand-rar-hem. Då fick man in-te ha eg-en sov-säck, för då kun-de folk sprid-a löss gen-om dem. Och nu när det finns de här be-svär-li-ga rhoc-ca-gil-löss-en. Får man ha eg-en sov-säck el-ler mås-te det va-ra lak-an på det-ta vand-rar-hem?"

"Det stod det inget om i Herrgårdsbladet", sade Kerstin. Hon hade också en kraftig stämma som hördes över hela

76

pensionatet. Hon lade sig i allt och var genast framme vid den som behövde hjälp eller att korrigera det som hon var mer informerad om.

"Jag har då aldrig hört att det finns rhocagil-löss", sade Siri. "Rhocagil använde de till Hallandssåsen, men att det finns rhocagil-löss det har jag aldrig hört."

"Det finns i fyll-ning-en. Jag får stam-pa ihjäl dem på kväll-ar-na för de kryp-er upp mel-lan par-ket-ten."

(Jag hade faktiskt hört ryttmästaren som bodde under Lovisa klaga över att hon gick runt och stampade långt in på nätterna.)

"Om fransmännen tog hit dem kan de väl hämta hem dem igen", menade Millan.

"Det är mån-ga som fått mul-tip-pel-skle-ros ."

"Jag har också hört att man kan få MS av löss", konstaterade Millan.

På kvällen funderade jag över om Lovisa var snurrig i största allmänhet eller om hon helt enkelt drev med damerna.

Så reste jag mig upp ur bädden, slog på datorn och kontrollerade om det verkligen fanns något som kallas rhocagillöss.

Från 0719-40 11 04
2004-01-21 kl 14.17
Hej Eva-Marie! Välkommen till supé kl 19 söndag den 30 jan.
Staffan Berg

Från 0745-37 01 16
2004-01-21 kl 14.30
Hej Staffan! Tack jag kommer med glädje!
Skall jag ta bilen? Eva-Marie

Från SB
2004-01-21 kl 16.03
Hej igen! Om inte. Hur kommer du i så fall hem?
Staffan

Från EM
2004-01-21 kl 16.13
Tar taxi! Det fixar sig. Hur många kommer? Eva-Marie

Från SB
2004-01-21 kl 19.00
Björn, Britt-Inger, Svenne och Du. Staffan

Från EM
2004-01-31 kl 02.10
Tack för en underbar kväll och all god mat. Eva-Marie

Från EM
2004-02-01 kl 15.00
Hej Staffan! Har berättat för alla (!) att du hade rullat smör. De
blev impade! Eva-Marie

Från SB
2004-02-01 kl 19.23
Vem trodde du att jag var? Staffan

Från EM
2004-02-01 kl 19.27
Nu vet jag vem du är! Eva-Marie

Från EM
2004-02-01 kl 23.10
God natt! Sov gott! Kram Eva-Maria

Från SB
2004-02-01 kl 23.20
Dito

Från EM
2004-02-15 kl 08.30
Hej Staffan! Skall ett ärende till stan. Bjuder du på kaffe? Eva-Marie

Från SB
2004-02-15 kl 09.15
Välkommen!

Från EM
2004-02-15 kl 19.10
Tack för kaffet! Eva-Maria

Från EM
2004-02-15 kl 23.26
Sov sött! Eva-Marie

Från SB
2004-02-16 kl 00.17
Sover du? Staffan

Från EM
2004-02-16 kl 00.21
Nää. Ska jag ringa? EM

(När solen gick upp och tidningen kom lade de äntligen på
luren)

Från EM
2004-02-16 kl 12.15
Tack för igår M

Från SB
2004-02-16 kl 19.00
Tack själv

Från EM
2004-02-16 kl 23.01
Sov gott

Från SB
2004-02-16 kl 23.56
Dito

Från EM
2004-02-21 kl 19.10
Har ringt men ingen svarade!

Från SB
2004-01-23 kl 16.17
Var väl ute

Från EM
2004-02-23 kl 19.11
Om du är sårad kan du väl säga det!

Från SB
2004-02-24 kl 16.16
Jag är inte sårad!

Från EM
2004-02-24 kl 23.35
Sov gott Maria

Från EM
2004-02-27 kl 14.35
Du kanske inte ville tala om tatueringen? Kram Eva-Marie

Från SB
2004-02-27 kl 19.00
Jorå

Från EM
2004-02-28 kl 16.27
Hej Staffan! Var är du? Eva-Marie

Från SB
2004-03-02 kl 19.00
Tänk att det fortfarande finns folk kvar i Midsomer med tanke
på mordfrekvensen.

Från EM
2004-03-02 kl 23.15
Älskar kommissarie Barnaby och hans kostymer! EM

Från SB
2004-03-02 kl 23.20
Och garden party? Är du vaken? Pling?

(Luren lades på innan tidningsbudet kom)

Från SB
2004-03-04 kl 23.20
Jag har ju sagt att du får ringa när du vill även när jag gift mig!

Från EM
2004-03-04 kl 23.32
Är det nära förestående?

Från SB
2004-03-04 kl 23.48
Det var ett skämt! Men du vet villkoren!

Från EM
2004-03-16 kl 23.02
Sov gott! Dröm sött!

Från SB
2004-03-16 kl 23.20
Detsamma

Från EM
2004-03-21 kl 23.07
Sov gott! Dröm sött!

Från SB
2004-03-21 kl 23.49
Du också

Från EM
2004-04-16 kl 23.05
Kommer du imorgon – säkert?

Från SB
2004-04-16 kl 23.20
Ja tack. Staffan

Från SB
2004-04-17 kl 21.20
Tack för lunchen!

Från EM
2004-04-25 kl 23.02
Du kan väl ringa någon gång!
Kram. Eva-Marie

Den sommaren kom han varje fredag. Redan vid elvatiden kunde jag hämta honom vid macken, samtidigt köpte jag Expressen och Aftonbladet.

Jag kan inte förklara varför jag blev förälskad i honom, han kom varm och svettig, smutsig och ovårdad. Det var hans personlighet som var oemotståndlig, hans blick och hans eftertänksamhet, så var han otroligt snäll och vänlig under sitt buffliga yttre. Hans hår var oklippt och gång på gång skrev han upp att han skulle gå till frisören. Han såg dåligt och beställde tid hos optikern, men glömde att gå dit. När han väl kom iväg köpte han fem par läsglasögon i plast, för det var som han sade: kunde han inte hålla reda på en penna, hur skulle det då bli med glasögonen.

Jackan var slängd över axeln när han kom, skjortan var smutsig och underkläderna skall vi inte tala om. Hemma hos honom låg smutskläderna i en hög i vardagsrummet i väntan på tid i tvättstugan, som han alltid glömde. När han någon gång kom iväg dit hade han inget tvättmedel hemma. Och hade han det fick han skäll av en grannfru för att ha spillt tvättmedel på golvet. Det tyckte jag var orättvist, att anmärka på honom som hade så mycket att göra och ett så svårt arbete.

Alltid hade han dåligt samvete för att han inte ringt sin åttioåriga pappa eller sin dotter Linda i Stockholm eller sin syster Kristina. Ibland for han ut till sin pappa och satt på en gammal sparkstötting i ateljén och såg på när pappan målade sina alltid likadana tavlor. Vi förstod att pappan höll på att åldras och just den här sommaren fick vi reda på att pappan led av begynnande Alzheimer. När pappan på gamla dagar gifte om sig med hemsamariten minskade de dagliga bekymren. Pappan dog strax efter att han och pappan varit en vecka i Rom. Han kom närmare sin dotter och försökte att acceptera att hon nu var vuxen med ett eget liv, att hon hade egna åsikter och att hon vågade säga dem till sin pappa.

När han kom var han alltid hungrig. Jag tror att han helt enkelt glömde att äta. Han åt i expressfart och helst onyttiga rätter som pizza och hamburgare, han ville inte erkänna att det ibland även blev korv med bröd. Han drack kaffe i ofantliga mängder, bordet var alltid fyllt med kaffemuggar. En gång minns jag att han satt med fötterna på bordet och sitt ständiga kollegieblock. På knät balanserade han en kaffemugg med varmt kaffe när mobiltelefonen ringde, han spratt till och kaffet brände benet och fläckade ner byxorna. Det var verkligen inte underligt att han såg tilltufsad ut. Ändå kunde jag inte låta bli att vara förälskad i honom.

På senare tid hade han lyckats komma tillrätta med sitt alkoholberoende, han drack fortfarande då och då en flaska whisky, men nu var han mer försiktig. En gång åkte han fast för rattfylla, men hans kolleger satte inte fast honom. Givetvis var detta inte helt rätt och han ville inte att någon skulle nämna det, han skämdes.

Han sov dåligt på nätterna. Det verkade som han inte sov alls och han arbetade ofta till långt efter midnatt. Han var morgonmänniska och gick upp och duschade redan klockan sex. Kollade utomhustemperaturen. Bryggde kaffe och satte sig vid köksbordet och funderade. Många gånger vaknade han mitt i natten, steg upp, satte sig i köket, letade rätt på en penna och lade kollegieblocket framför sig. Det är klart att hans huvudvärk kom sig av detta, den dåliga och oregelbundna maten och den dåliga sömnen. Vid ett läkarbesök efter en tid då han varit extremt trött ställdes diagnos. Han hade fått diabetes och det kunde han inte ta till sig. Det var som om sjukdomen var skamlig och han nämnde det inte för någon.

Känslor, det hade han svårt att tala om, ja han var över huvud taget korthuggen i talet. Ibland när han pratade med människor slingrade han in sig i konstruerade meningar som om han läste högt ur en skriven rapport. Han var ensamvarg och jag tror att han saknade en kvinna och familj. Han såg också ensam och övergiven ut när han vandrade runt eller satt och funderade på en bänk. Men han var en bra lyssnare, det tyckte alla. Han var verkligen omtyckt, men det förstod han inte själv. Jag tror att han kände sig som Kalle i Snobbenserien, en som vill så väl men som missförstås och som inte kan ta emot beröm och kärlek från andra.

Han pratade ofta om att han inte hade några vänner men det är inte sant. Han hade en god vän i en kollega som tyvärr dog, Rydberg hette han. När han fastnade i sina funderingar tänkte han på vad Rydberg skulle ha sagt, han sörjde honom verkligen. Han hade också Per Åkesson, de pratade med varandra om arbetet men det kom alltid in lite privata funderingar och förtroenden, jag tycker faktiskt att man kan räkna Per Åkesson som hans vän. En del tyckte nog att han var en mansgris, men han respekterade kvinnorna och tog många gånger sina kvinnliga kolleger i försvar om de manliga kom med gliringar.

Ett av hans stora intressen var opera, det delade jag inte med honom. Han lyssnade på musik i bilen och när hela hans nya CD-anläggning stals köpte han sig en ny. Han hade nog velat satsa på opera, inte sjunga själv, men i någon annan form. Han berättade att han haft en ungdomsvän som sjungit opera och att han själv skulle ha blivit impressario, men så blev det alltså inte.

Jag tror att det var själva personligheten som jag var förälskad i. Han var sig själv, alltid sig själv, och gick inte i några ledband. Han gav sig inte, han var envis och uthållig. De fick inte misslyckas i sitt arbete och gjorde det inte heller, även om jag nu och då försökte tipsa honom om en detalj som jag tyckte han hade förbisett. Han kunde bli rasande och det blev han när någon av hans kolleger slarvat. Då kunde han skrika och ryta, gå iväg och drämma igen dörren efter sig. Men han brann för sin sak och det gillade jag. Han accepterade aldrig de som inte tog arbetet seriöst och hände detta blev han hård i tonen. Han tyckte att han hade en viktig uppgift, för honom var professionalismen betydelsefull. Jag pratade med honom om engelska kolleger som alltid tituleras chiefsinspector och sir, som till exempel Tom Barnaby, Jack Frost, Thomas Lunley och Adam Dalgliesh, men då svarade han att man måste vara som man är och inte förställa sig. Titlar var inget viktigt för honom, han avskydde kändisskapet.

Så var det givetvis hans ursprung som jag älskade, tänk bara att vara från Ystad. Jag hade alltid kartboken uppslagen och när jag lyssnade på hans berättelser följde jag de vägar han hade åkt, bedömde avståndet och fantiserade över hur det kunde se ut. Jag vet att lika vackert som Skåne är på sommaren, lika grått, blåsigt och ruggigt är det under vintermånaderna när dimbankarna lägger sig över slätten, och han glömde alltid att lägga en extra varm tröja i sin bil. På tal om bilar så hade han otur med dem, sprängdes de inte i luften så saknades bensin i tanken eller motorn gav upp, han saknade alltid pengar till en ny. Han hade planer på att köpa sig ett hus för han var trött på sin lägenhet vid Mariagatan, men när skulle han ha tid att se på hus? En vecka berättade han i alla fall att han varit inne hos fastighetsmäklaren och fått kopior på två hus lite utanför staden. Jag tror att han gärna också ville ha en hund, en svart labrador.

Där fanns en annan kvinna. Det vet jag, för det berättade han. Han var med henne på semester i Skagen. Hon var från Lettland och han mötte henne när han var där på tjänsteuppdrag, hon var änka efter en polischef. Jag vet att han friade till henne, hon hette Baiba, men hur skulle hon kunna trivas i Ystad, vad skulle hon göra där? Tvätta hans kläder, vänta på honom med mat när han aldrig kom hem i tid. Jag tror faktiskt inte heller att han var en bra älskare, men det vet jag inte.

Han kom varje fredag den sommaren. Jag kände honom sedan tidigare, men det var nog den regelbundna samvaron

88

med honom som fick mitt hjärta att flamma. Det blev intensiva dagar när han var hos mig. Han åkte igen på måndagen, ibland kunde jag möjligen dra ut vistelsen till tisdag. Men jag visste att han kom åter nästa fredag, men bara under sommaren. Sedan var det slut, sedan fick förälskelsen tona bort, precis som alla förälskelser gör. Men han kom varje fredag under den sommaren.

Sömmerskorna sprang runt varandra med de stora tygbalarna i violett, karmosinrött, purpurrött, silver och guld. De draperade tygerna runt Tekla och lät dem falla i tunga veck över hennes axlar och runt hennes slanka kropp. Hon vände och vred sig framför de höga speglarna inramade i guldornament och hon lät tjänarna hämta fram ytterligare speglar så att hon kunde se sig från alla sidor.

Hennes mor Theokleia kom in. Hon granskade Tekla från topp till tå men lät inte minsta ord av beröm komma över läpparna, hon rynkade ögonbrynen och knep ihop munnen som ett tydligt tecken på att något inte behagade henne. Tekla förstod inte vad modern inte var nöjd med. Tekla såg sig i spegeln; en ung kvinna som förbereds för sitt bröllop med provinsens främste man. Hon såg sin smärta kropp, raka hållning och det långa mörka håret uppsatt som en krona. Inget leende syntes på läpparna men inte heller någon bitterhet, kanske tomhet, tänkte Tekla. Allt var ju som det skulle och hennes förlovade Tamyris var en bra man. Han bodde i ett hus vid torget, ett påkostat hus med många tjänare. Vad var det som fattades? Var modern avundsjuk på henne, sin egen dotter? Tekla tittade på modern via spegeln. Kan man vara avundsjuk på sin egen dotter?

Tekla hade redan som liten haft en stark längtan till böcker och de bästa lärare hade anlitats till henne. Hon talade flera språk och var skicklig i matematik. Men hennes största intresse var de grekiska filosoferna och hon kunde disputera med vem det vara må. Gäster fann glädje i att samtala med Tekla och på så sätt blev hon medelpunkt bland männen vilket inte sågs nådigt från kvinnorna som letade efter något som de kunde anmärka på.

När Tekla satt vid det öppna fönstret kändes lite luftväxling i den kvalmiga värmen. Hon såg inte gatulivet men hon hörde ljuden av skränande barn som kom som en svärm fåglar och försvann igen, åsnornas skriande och männen som drev på de överlastade djuren. Hon hörde kvinnornas gälla tjattrande när de manade på männen och tuktade barnen.

Mitt emot Teklas hus bodde Onesiforus med sin familj. Ofta kom filosofer på besök hon honom och då samlades man på den inbyggda atriumgården. Ekot förstärkte rösterna och Tekla kunde tydligt och klart urskilja talen som många gånger var retoriska underverk. Tekla njöt. Ingen såg henne eller visste att hon satt vid sidan av det öppna fönstret och kunde lyssna på talen. Nu skärpte Tekla sin hörsel. Vem som nu kommit till Onesiforus hus kunde hon inte avgöra. Oftast räckte det att lyssna på röster och uttal för att sluta sig till vem som gästade grannhuset. Tekla sände sin mest trogna tjänarinna att ta reda på vem gästen var och hon kom efter en stund åter med uppgiften om att det var en man vid namn Paulus. Han hade kommit från Antiokia och hade med sig en medarbetare Barnabas. Tjänarinnan beskrev Paulus. Han var liten till växten, flintskallig och hade krumma ben. Annars var han rak med god hållning, han hade en något krokig näsa och sammanväxta ögonbryn. Han såg god ut. Det fanns något änglalikt över hans ansikte, berättade tjänarinnan.

Två medresenärer Demas och Hermogenes som kommit med samma båt skroderade vitt och brett om denne Paulus som bekände sig till en ny lära om Messias. De påstod att Messias var en trettioårig rabbin från Nasaret. Judarna hade korsfäst denne Jesus trots att han inte hade gjort något olagligt. Han hade påstått sig vara judarnas konung och det var tillräckligt för att få honom dödad.

Tekla reste sig inte och tjänarinnorna fick bära upp svalkande drycker till henne. Hon ville inte missa ett enda ord. Paulus berättade Israels historia om de tre patriarkerna Abraham, Isak och Jakob, om de fyrtio åren i fångenskap i öknen i Egypten, om Mose och om färden åter till Kanaan, om

Aron och prästämbetet, om domare Samuels tid och om kung Saul och kung Davids tid, den David om vilken Herren sagt att han är "en man efter mitt sinne". Paulus talade om en räddare åt Israel för omvändelse och dop.

Paulus var en mästare att tala och även om Tekla väl kände till allt detta fann hon att det var en god sammanfattning. Hon förstod att det bara var en inledning till det verkliga budskapet. Han berättade om Israels räddare som nu kommit genom denne Jesus från Nasaret. Paulus beskrev hans liv, hur han vandrat från stad till stad, från by till by och hur han predikat i synagogorna, undervisat, botat sjuka och uppväckt döda. Hur han firats som en konung när han till påskhögtiden ridit in i Jerusalem på en åsna och hur folket kastat palmblad framför honom. Men hur allt i ett enda nu förbytts och hur han skändligt korsfästs och dödats men hur hans kropp mirakulöst försvunnit. Tekla satt vid fönstret timme efter timme och reste sig inte förrän Paulus slutade för siesta eller för nattsömn.

Nästa dag fortsatte Paulus, han berättade att han egentligen hette Saulus och att han förföljt de som förkunnade budskapet om en frälsare för Israel. Paulus hade själv aldrig mött Jesus men efter sin märkliga och dramatiska omvändelse hade han tagits upp i apostlakretsen, de som följt rabbinen. Han berättade att apostlarna spridit sig över världen och hur han nu kommit till denna trakt för att göra budskapet känt.

Budskapet slog ner i Teklas hjärta och hon tyckte sig se sanningen. Hur gärna ville hon inte skynda ner till Paulus, gå fram till honom och säga honom att hon fann det han sade logiskt och oangripbart:

"Omvänd er. Himmelriket är nära."

Orden upprepades gång på gång.

"Omvänd er. Omvänd er. Tro evangelium."

Theokleia gläntade på dörren men Tekla hörde det inte. Hon koncentrerade sig på hur Paulus talade om salighet.

"Saliga är de renhjärtade, ty de skall se Gud."

93

Tekla ville fråga Paulus om man verkligen fick se Gud. Ingen människa fick se Guds ansikte. Mose hade sett det på berget Sinai men han hade sedan fått en mask framför ansiktet och avbildades därefter alltid med horn. Tekla kände till de gamla profeterna men detta som Paulus förkunnade var någonting helt annorlunda. Här fanns inga lagar och djuroffer, inte alla dessa brännoffer. Här var budskapet humaniserat. Här var det inte ett yttre regelverk utan utvecklades inom människan och helgade henne. "Saliga är de som bevarar sig rena, ty de skall bli ett Guds tempel." Detta tilltalade Teklas bildade sinne.

Dörren slets bryskt upp av att hennes fästman Tamyris stormade in. Han ville veta vad som hänt med Tekla. Var hon förbytt? Hon skulle förbereda sig för bröllopet. Här kom han för att hämta henne. Modern hade sänt bud efter honom och beklagat sig över att Tekla under tre dagar och tre nätter inte lämnat fönstret för att inte missa ett enda ord av dessa illäror som denne Paulus sprider ut. Han är farlig och Tekla har blivit fånge i hans nät. Både Tamyris och Theokleia försökte beveka henne. Tamyris insåg att han skulle förlora sin blivande hustru. Modern var vred på sin dotter som skulle förlora ett gott liv i ett förmöget hem. Tjänarinnorna som skulle följa Tekla till det nya huset var rädda för att mista sina arbeten. Alla grät, det var som i ett sorgehus – men Tekla var helt koncentrerad på Paulus budskap.

Tamyris som var en handlingskraftig man gick ut på gatan för att ta reda på vem denne Paulus var. Han fick tag på ett par män som följt efter Paulus sedan Antiokia. Tamyris lovade dem rundligt med pengar om de avslöjade vem Paulus var. Han tog med dem hem till sig och trakterade dem med mat och vin i myckenhet. Tamyris försökte under förevändning att han älskade Tekla och inte ville förlora henne med list få männen att ange Paulus. Männen berättade att många kvinnor omvänt sig till budskapet och hur de sedan nekade att gifta sig och bara ville leva efter den nya läran. De båda männen föreslog att Tamyris skulle föra Paulus till ståthållaren som då skulle döma Paulus som sprider den kristna läran. Tamyris var fylld av hat och vrede. Han tog med sig tjänare och vakter, alla bar stavar. De gick alla till Onesiforus hus där Paulus vistades och alla ropade:

"Bort med trollkarlen! Han har fördärvat våra hustrur."

Paulus fördes inför ståthållaren och domstolen, han blev utfrågad om varför han propagerade för att flickorna inte skall gifta sig. Paulus svarade att han förkunnade budskapet om att människor inte behövde leva under den gamla lagen utan att de skall vara fria att tro på den levande Guden som sänt sin son Jesus. Ståthållaren hade inte tid att lyssna till Paulus och befallde att han skulle föras bort och fängslas i avvaktan på ytterligare förhör.

Tekla fick veta att Paulus fängslats och på natten mutade hon vakten som stod vid hennes dörr genom att ge honom sitt armband och när hon kom till fängelset gav hon den vakten en silverspegel. På så sätt kom hon till Paulus och satt vid hans fötter i fängelset och hörde om den kristna läran.

Tekla saknades av sina närmaste och dörrvakten berättade att hon gått till "främlingen i fängelset". Där fann de Paulus och Tekla. En uppretad folkhop med Tamyris i spetsen gick till domstolen. Paulus fördes fram. Tekla var som förhäxad i Paulus och lyssnade inte på ståthållaren när denne frågade henne om giftermålet med Tamyris. Då utropade hennes mor Theokleia att Tekla skulle brännas på bål i amfiteatern. Ståthållaren dömde Paulus att gisslas och utvisas ur provinsen och Tekla att brännas. Hela folkhopen följde efter till teatern. Tekla steg utan en min av rädsla upp på bålet. Folkmassan hade rivit av henne kläderna. Hon ställde sig med armarna utsträckta som ett kors och bålet tändes. En blixt från en helt klar himmel slog ner mitt i amfiteatern och ett skyfall med hagel vräkte ner över allt och alla. Många människor omkom i kalabaliken som utbröt när människor skulle sätta i säkerhet. Elden slocknade och Tekla räddades.

När Paulus frigivits hade han tillsammans med sin värdfamilj Onesiforus gått till ett öppet gravmonument. De hade inget att äta och sände sin äldste son att köpa bröd, grönsaker och vatten. På vägen mötte han Tekla och han visade Tekla gömstället där Paulus låg på knä och anropade Gud:

"Kristi Fader, låt inte elden röra Tekla utan rädda henne ty hon är din."

I detsamma kom sonen tillsammans med Tekla in i grottan och de tackade tillsammans Gud för den mirakulösa räddningen. Alla jublade och de åt och var glada. Tekla bad Paulus att få följa honom, hon skulle klippa sitt hår men han tyckte att tiden var ond. Hon bad att få bli döpt men Paulus svarade:

"Tekla, ha tålamod och du skall få mottaga vattnet."

Familjen Onesiforus sändes hem men Tekla fick trots allt följa Paulus till Antiokia.

Tekla var som sagt omtalat vacker och när hon kom fram till Antiokia blev en syrisk man vid namn Alexander huvudlöst förälskad i henne. När han såg att hon var i sällskap med Paulus bad Alexander att få köpa Tekla. Paulus svarade att han inte ägde henne. Alexander som var häftigt förälskad grep tag i henne för att kyssa henne. Tekla slet sig loss och ropade högt: "Förgrip dig inte på Guds tjänarinna." Hon slet sönder Alexanders mantel och rev ärekransen från hans huvud. Folket skrattade, larmade och gjorde narr av honom.

Tekla fördes då till ståthållaren i Antiokia och dömdes att släpas in till vilddjuren. Den hetsiga lejoninnan som Tekla skulle rida slickade hennes fötter och gjorde henne inget ont. Men domen mot Tekla som en tempelskänderska stod fast och följande dag skulle hon hämtas till djurstriden som Alexander anordnade. En förmögen kvinna vid namn Tryfäna som var släkt med kejsaren hade mist sin dotter och hon tog sig an Tekla som bad för den döda dottern. Tryfäna skyddade Tekla men när soldaterna kom, de som skulle hämta Tekla till striden med vilddjuren, tog Tryfäna henne vid handen och de två kvinnorna ingav varandra mod.

På arenan fanns lejon och björnar. Tekla stod ensam endast iklädd ett höftskynke. Folkhopen skränade och folk hetsade upp varandra. Vissa ville skona Tekla och tyckte att domen var orättfärdig medan andra tyckte att Tekla hade skändat templet. Paulus var inte där, han hade tidigare vandrat vidare. Lejonen som släpptes lösa rörde inte Tekla, istället lade sig den stora lejonhonan vid Teklas fötter och jagade iväg björnhonan som skulle riva Tekla.

När Tekla fick se en vattengrop kastade hon sig i vattnet och sade:

"I Jesu Kristi namn döper jag mig för den yttersta dagen."

Folkhopen drog efter andan i pur skräck eftersom vattenhålet var fyllt av hungriga sälar. Till och med ståthållaren grät över att en sådan skönhet som Tekla skulle ätas upp av de vilda djuren. I samma ögonblick som Tekla ropade Jesu Kristi namn kom ett starkt ljussken som från en eldblixt. Sälarna dog och inget ont hände henne. Trots att ytterligare vilda djur släpptes lösa på arenan skyddades Tekla av eldskenet.

Tryfäna, hon som tagit sig an Tekla, svimmade och människor trodde att hon dött. Då avbröt Alexander de grymma djurlekarna. Ståthållaren förhörde Tekla om vem hon var och hon sade sig vara den levande Gudens tjänarinna. När hon fått tillbaka sina kläder välsignade hon ståthållaren och lovade honom frälsning på domens dag. Tekla blev fri och hennes vittnesbörd påverkade stadens kvinnor som ropade:

"Den ende Guden har räddat Tekla."

Tryfäna som inte var död utan endast hade svimmat tog med Tekla till sitt hem där hon bodde i en dryg vecka. Tekla undervisade alla i huset om den nya kristna läran och de flesta i huset kom till tro.

Tekla visste inte var Paulus vistades och sände bud för att söka efter honom och till slut fick hon veta att han var i Myra. Tekla sydde ett ytterplagg som liknade en mantel för män och tillsammans med unga män och kvinnor begav hon sig till Myra. Hon fann Paulus som blev förskräckt och trodde att han såg i syne. Men hon berättade att hon tagit emot dopet och nu ville arbeta för den kristna läran. Hon fick åter och åter berätta allt för Paulus och hans vänner. Och hon fick pengar från Tryfäna som hon skänkte till Paulus arbete bland de fattiga.

Tekla återvände så småningom till sin hemprovins och till Onesiforus hus. Hon försonades med sin mor och fick reda på att hennes gamle förlovade Tamyris dött. Tekla förkunnade den kristna läran resten av sitt liv och så småningom somnade hon in i den goda sömnen.

En del av oss föds med silversked i mun, andra i de mest usla och ovärdiga förhållanden. Är det då inte trösterikt att tänka på att de första skall bli de sista och de sista skall bli de första? Hur det än är med den saken så gällde det i hög grad för den lille Josef som föddes en försommardag ett av de första åren på 1600-talet i ett stall – det är faktiskt sant – han föddes i ett stall. Föraktad var han livet igenom, men han fick den största upphöjelse en människa kan få – han blev ett helgon.

Detta hände i Italien på ostkusten nere vid Italiakartans klack. Pappan Felice Desa var snickare och familjen hade redan en rad med barn. Josef var kanske inte efterlängtad och han blev verkligen en tung börda för familjen. Felice dog innan Josef hann födas och när modern Francesca inte kunde betala de skulder mannen lämnat efter sig blev hon vräkt och utkastad med sina barn från sitt hem och tvingades föda barnet i ett stall.

När Josef växte upp märkte alla att han var underlig. Han satt rakt upp och ner, han lekte inte som andra barn, han bara satt där med frånvarande blick. Så skedde även när Josef började skolan och eftersom han då satt med öppen mun började barnen kalla honom "Bocca aperta" den öppna munnen. Något läshuvud hade han inte. Tvärtom! Han kunde inte lära sig skriva, läsa och räkna. Men när spörsmålen kom till religiösa frågor kunde han reda ut intrikata spetsfundigheter. Han hade – som vi nu säger – tummen mitt i handen och de enklaste göromål misslyckades han med. Ombads han hämta något glömde han bort det och hittades på en helt annan plats sittande med fjärrskådande blick och öppen mun.

Josef var en börda för sin mor Francesca och sina syskon. Åren gick. Josef blev tonåring. Han var densamme. Helt oduglig. Josefs enda önskan var att bli präst. Alla skrattade och skakade på huvudet. En som inte kan läsa, kan väl inte bli präst och den heliga nattvarden skulle han väl glömma på vägen mot altaret. Alla skrattade åt Josef.

Josef försökte lära sig skomakaryrket men ingen ville låta Josef laga skor eftersom skorna var oanvändbara om de överhuvudtaget blev färdiga. Modern Francesca gick med honom till franciskanerklostret men de nekade att ta emot honom. Man kunde inte ta hand om en person som var så komplett oduglig i såväl praktiska som intellektuella göromål. Tillsammans fick Francesca och sonen Josef vandra hem igen.

En tid gick och de gjorde ett nytt försök, denna gång hos kapucinerna i Martino nära Tarento. Klosterbröderna där gjorde verkligen ett tappert försök att inlemma Josef i klostersysslorna. Men Josef försjönk i hänryckning och bröderna tyckte precis som hans gamla skolkamrater en gång i tiden att han var en "Bocca aperta". Ledningen av kapucinerklostret ansåg det inte möjligt att ha kvar Josef som återvände till sin mor och sina syskon. Nu var han inte längre välkommen tillbaka till dem och han stod helt ensam utan fast förankring i tillvaron.

Prästen i Copertino, den plats där Josef fötts i ett stall, förbarmade sig över Josef och bönföll ledningen i franciskanerklostret i La Grotella att öppna kloster-portarna för ynglingen som kanske åtminstone skulle kunna ta hand om klostrets åsna. Det var den enda uppgift Josef kunde sköta i klostergemenskapen. Han fick också sitta med i under-visningen eftersom han gjorde minst skada där. Josef höll fast vid sin önskan att bli präst och åren gick. Den ene efter den andre av bröderna prästvigdes men inte Josef som allt oftare försvann i hänryckning omedveten om världen runt omkring sig. Josef som alltid haft ett häftigt och otyglat humör blev genom sina ständiga böner och tårar förändrad; ödmjuk, tålmodig och lydig med stor kärlek till medmänniskor. Han lyckades efter många år lära sig en enda vers ur Bibeln och när biskopen kom till prästseminariet, där Josef vistades, bad biskopen honom – utan att veta om Josefs enkla vetande – redogöra för just denna bibelvers; den enda som Josef kunde. Biskopen blev överraskad över Josefs djupa teologiska kunskap. Sålunda blev han prästvigd. Han hade uppnått sina drömmars mål! Allt oftare föll Josef i hänryckning, speciell under körsången och den heliga mässan. Det hände inte bara inom klostrets murar utan även vid de allmänna mässorna för folk i staden. Josefs uppträdande väckte stor uppståndelse och orsakade störningar i mässordningen. Ledningen för klostret tröttnade på Josef och han sändes från det ena klostret till det andra. Josef tyckte sig höra himmelsk musik när kyrkklockorna ringde och under psaltarsångerna, vilket hade till följd att Josef under hela trettiofem år blev strängt förbjuden att delta i sången.

Josef späkte sig och fastade under fyrtio dagar varje år. Han intog inte någon föda alls utom något lite på torsdagar och söndagar. Han föll i allt starkare hän-ryckning under mässorna. När han celebrerade vid mässan försvann han i så hög grad från verkligheten att han lyfte från golvet och det sägs att de fann honom svävande under kyrkvalvet. Folk vallfärdade för att se den märkliga prästen, som med sin stora kärlek till människor botade sjuka och gjorde märkliga ingripanden, som folk ansåg vara Guds under. Detta väckte misshag hos klosterledningen som blev generad, de ansåg att han var skenhelig. Josef förbjöds därför att deltaga i offentliga mässor. Man inredde ett eget slutet kapell där Josef i sin ensamhet fick läsa mässan. Josef fogade sig i allt i djup vördnad för Gud.

Josef av Copertino dog sextio år gammal den 18 september år 1663. Hans kropp finns i kyrkan i Osimo på Italiens ostkust. Han saligförklarades av påven Benedictus XIV år 1753 och helgonförklarades fjorton år senare av påven Clemens XIII som också utvidgade hans firande att gälla i hela kyrkan. Josef firas den 18 september, dagen för hans himmelska födelse. Han är skyddshelgon för piloter och förståndshandikappade och hjälper helt visst studenter som ber om hans stöd under en tentamen.

Det finns vissa händelser som ristar in sig i minnet som en etsning. Det kan långt senare i livet åter komma fram kanske genom en doft eller ett ljussken. Minnet kan inte fördrivas och man vill inte heller förstöra det. Det finns därinne i hjärnans vindlingar, ensamt utan möjlighet att dela det med någon. Men det är lika påtagligt som om man satt på pallen vid det gröna staketet med den uppslagna boken i knät just i detta nu, i detta ögonblick trekvartssekel efteråt. Man känner den mätta försommar-värmen dallra, den milda brisen som en smekning över kinden och man längtar åter – smärtsamt – till den bekymmersfria barndomen.

Jag minns hur jag satt där på en liten blåmålad pall, staketet bakom ryggen var grönmålat. Pallen som mamma satt på var också blå, den var högre än min och längre, vi kunde sitta två barn på denna mammas pall. Soffan och bordet var rödmålat. Nu för tiden skall allt vara i samma färg, då i min barndom användes de målar-färger som fanns men jag upplevde aldrig färgerna som disharmoniska. De gav liv åt trädgården.

På bordet stod en saftbutelj och två glas. Mamma och jag som var ensamma hemma den här dagen hade druckit rabarbersaft och ätit två kakor var. En sprits och en bondkaka. Mamma hade sagt till mig att vi skulle ha en skön stund i trädgården. Vi hade dukat brickan med den gröna flaskan med patentkork och lagt de fyra kakorna på ett fat.

Mamma broderade en duk till salen, jag läste. Mamma broderade alltid så vackert och originellt. Hon följde inga givna mönster utan kombinerade motivet på egen hand. Pappa kommenterade det ofta och föreslog någon liten detalj, men det var mamma som broderade, det var som om hon målade en tavla av broderigarn på det vita linnet.

Mamma hade den dagen en klänning av svartvitt randigt tyg med ett fyrkantigt ok kantat av volanger, klänningens ärmar var långa och slutade med en volang vid handleden. Mamma hade vackert formade händer, smala, flinka och underbart mjuka när hon smekte oss barn över kinden. Jag läste en bok som jag fått. Den var köpt i Falun. Jag sög in handlingen och bokens personer i mitt sinne. Jag hade fått nya remsandaler till examen och en ny bomullsklänning, vit med smala blå ränder. Min krage var också okformad med spets i kanten och jag hade satt på mig en brosch som jag fått låna av mamma. Hon hade fått den av pappa när de vistades i Frankrike då när de var unga och utbildade sig. Mamma hade en fransk hätta på sig, hon var så vacker i den, tyckte jag. Den var gjord av tunt vitt tyg med våffelsydd platta som slutade i en hästskoformad platta bak på huvudet, tyget draperade sig runt huvudet fram på sidorna och mamma fick både en solskärm och skydd mot sitt mörka mjuka hår. Mamma var vacker, så ville jag bli när jag blev stor. Hon var min mamma. Ja inte bara min, utan mina syskons också, men det kändes som om hon var min och ingen kunde tycka lika mycket om henne som jag.

Det röda huset med vita fönsterbräder låg som ett skydd bakom oss. Det var tomt den här eftermiddagen, alla hade åkt med pappa ner till byn. Det var mamma och jag. Mamma broderade och jag läste boken. Det kändes som om till och med katterna åkt bort, de varken syntes eller hördes. Björkens blad rasslade helt lätt, en sjöfågel slog ner i sjön, lyfte igen och flög bort. Svalorna dök upp och ner i luften i en roande lek, men jag noterade dem inte, de bara fanns där. Jag satt med fötterna mot varandra och de böjda benen bildade en stor triangel, utspänd av det blåvita klänningstyget som en skiva på vilket boken låg. Mina händer låg stilla i knät och höll boksidorna och det svaga prasslet när jag vände boksidorna hördes knappt. Mamma satt på den långa blå pallen med handarbetet i knät, det som skulle bli en bordsduk till salen. Mamma satt vänd mot mig men hon höll huvudet nerböjt över tyget.

Nu är mamma död för många år sedan. Jag är vuxen men jag blev inte lika vacker som hon. Men duken finns kvar och i mitt minne finns detta ögonblick inristat i minnet. Jag vet inte varför just detta ögonblick. Det är minnet av ett ögonblick i trädgården, en försommardag.

Bröllopet, *Joh 2:1-12*

Den dyrbara oljan, *Matt 26:6-13, Mark 14:3-9, Joh 12:1-8*

Den vita huvudduken, *meditation*

Det svarta fåret, *meditation*

Dörr till det inre, *Mallorcafantasi*

Emilia, *barndomsminne*

En kyrklig bagatell, *reflektion*

Fem på en kyrkbänk, *minne från Mallorca*

Fru Simon Petrus, *Matt 8:14-15, Mark 1:29-34, Luk 4:38-39*

Geniets syster, *betraktelse av en målning av Gustav Klimt*

Gråt, *fantasi*

Hushållsbekymmer, *Luk 10:38-42, Joh 11:1-44*

Kyrkliga kalamiteter, *reflektion*

Källvatten, *Joh 4:1-26*

Mordlust, *Apg 7:54-60, 8:1-3, 9:22*

Rita och de gaddlösa bina, *helgonberättelse*

Rhocagillöss, *reflektion*

SMS-samtal, *fantasi*

Sommarförälskelse, *tidningen Expressen gav sommaren 2001 i bilageform ut Henning Mankells deckare om Kurt Wallander*

Tekla, *Apokryferna till Nya Testamentet*

Titta han flyger, *helgonberättelse*

Ögonblick i trädgården, *betraktelse av en målning av Carl Larsson*